KB057964

살인자의 정석

살인자의 정석

김동식 소설집 7

요다

차례

이상한 아르바이트

일요일에 5분만 투자해서 50만 원의 월급이 들어오는 아르바이트가 있다면 받아들이는 게 당연하다. 내가 시작한 그 꿀 알바는 매우 특이했다.

[어느 주택의 지하실 문을 따고 들어간다. 인터넷 페이지가 켜져 있는 컴퓨터 앞에 앉아서 로또 번호를 검색한다. 화면에 로또 번호가 뜨면 다시 지하실 문을 잠그고 떠난다.]

그게 전부였다. 그것만으로 한 달에 50만 원이다. 어차피 난 일요일마다 교회를 가는데, 가는 길목에 지하실이 존재했으니, 정말 날로 먹는 일이었다.

이 일을 하게 된 건 교회 지인을 통해서였는데, 내가 먼저 요구한 게 아니라 고용주가 날 찾은 경우였다. 고용주는 마른 몸에 퀭한 눈빛이 어딘가 음침해 보이는 사내였는데, 그는 나를 보자마자 단정하듯 말했다.

"당신은 집에서 번역 일을 합니다. 당신은 매우 규칙적인 사람이고 책임감이 강합니다. 매주 일요일 교회를 빠진 적이 없습니다. 그래서 당신이 이 일에 적임자인 겁니다."

사내는 특히 규칙성을 강조했다.

"1년간 단 한 번이라도 빠트리면 안 됩니다. 무슨 일이 있어도, 심지어 아픈 날에도 꼭 해야 합니다. 일은 반드시 본인이 해야 하며, 현장에 다른 사람을 데려와도 안 됩니다. 주변에 비밀을 지켜야 하고, 일 내용에 관한 질문은 받지 않습니다. 이 일을 받아들이겠습니까?"

워낙 꿀 알바라 받아들였지만, 정말 이 일의 정체가 궁금했다. 도대체 이 사람은 왜 이런 일을 시키는 걸까?

지인을 통해 그 사내가 유명한 과학자라는 건 알고 있었다. 실제로 그 지하실에는 이상한 기계 장치도 있었다. 텅 빈 지하실에는 딱 두 가지가 있었는데, 하나는 인터넷 페이지가 열려 있는 컴퓨터였고, 다른 하나는 디지털카메라가 달린 이상한 기계 장치였다. 절대 건드리지 말란 경고 때문에 자세히 살펴볼 순 없었지만, 전선이나 코일이 드러나 있는 걸 보면 분명 그 과학자의 사제 제작품 같았다.

처음에는 카메라가 컴퓨터 쪽을 향하고 있었기에, 혹시 나를 두고 일종의 관찰 실험을 하는 줄 알았다. 그러나 내가 지하실에 있는 시간은 고작 1분도 안 됐고, 하는 일이라고 해봐야 검색창에 로또 번호를 검색하는 것뿐이었다. 그게 유의미한 관찰이 될 것 같진 않았다.

매주 로또 번호를 검색할 때마다 호기심이 점점 커졌다. 저 기계는 뭘까? 로또 번호의 의미는 뭐지? 왜 매주 정확한 시간을 지켜야 할까? 한 번이라도 놓치면 어떤 일이 벌어지길래?

사내는 아무것도 묻지 말라고 했지만, 나는 묻고 싶은 게 너무 많았다. 괜히 일을 잘릴까봐 그러지 못 했지만, 궁금해서 미칠 지경이었다. 그 상태로 석 달이 지났을 때, 사내에게서 먼저 연락이 왔다.

'김남우 씨… 보근병원으로 좀 와주실 수 있으십니까?'

내가 찾아간 병원 1인실에는, 병색이 완연한 사내의 모습이 있었다. 그는 마치 남 얘기를 하듯 담담하게 말했다.

"내 수명이 길어야 한 달이랍니다."
"네?"

놀란 내가 어떤 말을 해야 할지 생각할 때, 사내가 허공을 바라보며 마구잡이로 말했다.

"제가 죽어도 슬퍼할 가족은 없습니다. 10년 전에는 저도 가족이 한 명 있었습니다. 아내, 내 아내는 좋은 사람이었습니다. 나는 나빴죠. 나는 내 꿈이 더 소중했습니다. 아내는 난임이었고, 함께 아이를 갖는 노력을 원했습니다. 나는 시험관 같은 건 언제든 할 수 있으니 좀 더 노력해보자는 말로 아내를 외면했습니다. 내 꿈이 더 중요했습니다. 아이를 갖게 되면 내 시간을 뺏길까 두렵다는 걸 애써 숨겼습니다. 아내는 그걸 모르지 않았나 봅니다. 아내는 나를 떠났고, 나는 잡지 않았습니다. 내 꿈이 더 소중했으니까 말입니다. 솔직히 더 열중할 수 있어서 다행이라고 생각했습니다."

사내의 독백에는 끼어들 틈이 없었다.

"신경 써야 할 모든 것이 사라진 뒤, 나는 오직 연구에만 매달렸습니다. 그리고 드디어 완성했습니다. 타임머신을 말입니다."

"타임머신이 가능합니까?"

잠자코 듣고자 했지만, 되묻지 않을 수가 없었다. 타임머신이라니?

사내는 내 얼굴을 돌아보며 말했다.

"네. 저는 평생 시간을 연구했습니다. 그리고 실제로 완성했습니다. 하지만 상상하시는 그림은 아닐 겁니다. 그것으로 시간 여행 같은 건 불가능하니까 말입니다."

"아…"

"제가 개발한 타임머신으로 사람이나 물체가 이동할 순 없습니다. 컴퓨터상의 데이터 128KB를 보내는 게 한계입니다. 그것도 미래로는 보낼 수 없고, 과거로만 가능합니다."

"네?"

그는 내가 이해하지 못할 거라고 생각했는지 자세한 설명을 하지 않았다. 대신 내가 바로 반응할 이야기를 꺼냈다.

"그동안 지하실에서 로또 번호를 검색한 이유가 그 때문입니다."

"아!"

"당신이 매주 일요일 아침 로또 번호를 검색하고 떠나면, 정해진 시간에 카메라가 모니터 화면을 찍습니다. 그 사진은 일주일 전 과거로 보내집니다."

뭐야? 그동안 내가 검색한 번호가 과거로 보내졌다고?

"그 사진들은 제 이메일 주소로 보내지고 있지만, 제 이메일에는 도착하지 않습니다. 그 데이터는 현재의 인터넷상에는 존재하지 않습니다. 그것이 제 타임머신의 성공 증명입니다."

나는 머릿속으로 잠깐 그의 말을 이해해본 뒤 물었다.

"그런데 그럼, 의미가 없지 않나요? 로또 번호를 과거로 보내는 게 사실이라고 쳐도…"
"그렇습니다. 이미 지나간 이곳의 역사가 바뀔 수는 없지요. 그렇지만 이메일로 로또 당첨 번호를 받은 내가 존재하는 세계, 다른 평행우주가 있을 겁니다. 제 타임머신으로 과거에 사진을 보내는 순간, 또다른 세계가 복사되는 겁니다. 로또 번호를 전달받은 내가 존재하는, 일주일 느린 세계가 말입니다."
"아!"

평행우주는 평소에도 관심이 있던 내용이었기에 대충 이해가 됐다. 하지만,

"그래도 의미가… 그런 평행우주가 생긴다 한들 여기선 전혀 상관 없지 않습니까?"

나는 고개를 갸우뚱했다. 그것만으로 매달 50만 원짜리 알바를 쓸 필요가 있을까? 한데, 그는 그럴 필요가 있다고 믿었다.

"네. 제가 영향을 줄 수 있는 건 과거입니다. 하지만 미래를 확정한다면, 지금의 현실이 과거가 될 수 있습니다. 루틴입니다. 저는 매주 똑같은 날, 똑같이 일주일 전으로 이메일을 보냅니다.

그 행동이 1년, 10년, 평생을 계속할 거란 게 확정된 사실이라면 어떻습니까? 어느 미래에서는 지금 이 현재의 과거로 이메일을 보내줄 겁니다."

"네?"

"중요한 건 100% 확정된 사실이어야 한다는 겁니다. 그래서 제가 직접 하지 않고 당신에게 위임한 겁니다. 저는 제 성격을 압니다. 만약 제가 직접 한다면, 로또 당첨으로 금전적 여유가 생기는 순간 그 행위가 소홀해질 겁니다. 그런 가정만으로도 불확정성이 생기게 되어 미래가 고정되지 않게 됩니다. 하지만 누군가 대행해준다면 저는 확실히 장담할 수 있습니다. 평생 매주 똑같은 날 사진을 과거로 보낸다고 말입니다. 그러면 현재가 확정된 미래의 과거가 될 수 있는 겁니다."

"음…"

그의 말을 다 이해할 순 없었지만, 무언가 그럴듯하게 들렸다. 그는 내 표정을 살폈는지 이어 말했다.

"그런데 저는 시한부가 됐습니다. 지금 제 욕심이란 그저 하나, 확인을 하고 싶습니다. 제가 죽은 후에라도 말입니다. 그래서 저는 당신께 제안을 하고 싶습니다."

"예?"

"제 이메일을 넘겨드리겠습니다. 제가 죽고 난 뒤에도 그 일을 계속 이어가, 미래에서 온 사진으로 로또에 당첨되어 주십시오. 죽음 이후 내 재산을 모두 상속해드리겠습니다. 그 지하실의 전기가 끊어지지만 않으면 관리는 간단할 것입니다."

깜짝 놀랄 만한 제안이었다. 일관된 그의 표정은 이 모든 게 진심임을 말하고 있었다. 나는 가슴이 뛰었다. 거절할 이유가 전혀 없다. 내가 정말 진지한 얼굴로 승낙하자, 그가 말했다.

"그리고 한 가지 부탁이…"

이 병실에 온 이후, 유일하게 그의 얼굴에서 감정이 드러났다.

"로또에 당첨되면 제 아내를 찾아, 절반만 떼주십시오. 루틴을 유지한다면 평생 몇 번이나 당첨될지 모르니, 그리 큰 소비는 아닐 겁니다."
"아, 예."

나는 반사적으로 고개를 끄덕였지만, 허투루 대답한 건 아니었다. 정말 그게 이루어진다면 얼마든지 들어줄 수 있다. 그는 고맙단 인사를 하고, 후회가 분명한 눈빛으로 허공을 보았다.

"평생 꿈만 보고 달려왔고, 꿈을 이루었습니다. 정말 기뻤지만, 그 순간이 제 인생에서 가장 큰 기쁨이 아니었더군요. 정작 중요한 게 무엇이었는지 좀 더 일찍 깨달았어야 했습니다. 만약,

　　　　　　　　이상한 아르바이트

정말 영화처럼 타임머신을 타고 과거로 갈 수 있다면 나는…"

　뒷말을 잇지 않는 그에게, 내가 해줄 만한 위로는 없었다. 그
저 나는 업무에 필요한 요구를 말했다.

"아내 분을 어떻게 찾아가면 됩니까?"

　나를 바라본 그는 희미하게 웃었다.

⋮
⋮

　공 박사가 죽은 지 3개월. 나는 매주 지하실에서 로또 당첨 번
호를 검색했고, 그 페이지를 찍은 사진을 과거로 보냈다. 어렵지
않았다. 어차피 매주 교회 가는 길목에 잠깐이다. 또 정말로 로
또에 당첨될지도 모른단 기대 때문에 열심히 할 수밖에 없었다.
　하지만 매번 그의 이메일을 확인해도 새로운 메일은 도착하지
않았다. 그럴 때마다 나는 그에게 배운 대로 마인드컨트롤했다.

"나는 평생, 일주일 전으로 당첨번호 사진을 보낼 것이다. 그
것은 어떤 일이 있어도 계속될 사실이다. 무슨 일이 있어도 이
일정은 평생 확정되어 있다."

　그리고 몇 달 뒤, 습관처럼 그의 이메일을 로그인하던 나는

두 눈을 부릅떴다!

'(1)'

새로운 메일 표시, (1)이 있었다.

심장이 미친 듯이 뛰었다. 그동안 단 한 번도 없었던 표시였다. 사진이 도착한 걸까? 미래 평행우주의 내가 보낸 로또 당첨 번호 사진이 도착한 걸까?

광고일 리는 없다. 지난 몇 개월간 단 하나도 없었다. 지인의 메일도 절대 아니다!

마우스를 잡은 손끝까지 쿵쾅거리는 맥박이 느껴졌다. 나는 천천히 '받은 메일함'을 클릭했다.

"아!"

파일이 포함된 메일이다! 사진 파일! 용량 128kb! 그 파일명은,

"20180916!"

일주일 뒤의 날짜다! 미래의 내가 성공했구나!

"으하하하!"

나는 터져 나오는 웃음을 감추지 못했다. 그러나 급히 진정했다. 우스개처럼 로또 당첨으로 심장발작이 일어나면 안 되니, 천천히 심호흡하고 파일을 열었다.

"…"

순간, 나는 멍청한 얼굴로 할 말을 잃었다. 그 사진은 로또 당첨 번호가 보이는 인터넷 페이지가 아니었다.

"이런 씨, 뭐야!"

그 사진은 바로 죽은 공 박사의 사진이었다. 사진 속 그는 나무 기둥에 선 한 여자아이의 키를 체크하고 있었다. 기둥에는 키를 체크한 흔적이 빽빽하게 들어서 있었다. 마치, 일주일에 한 번씩 체크하는 것처럼.

나는 곧 상황을 이해했다. 이 사진을 보낸 것은 일주일 뒤의 내가 아니라, 평행우주의 공 박사다. 아내를 포기하지 않고, 함께 딸아이를 낳은 뒤에 발명을 성공한 공 박사. 그는 자신의 발명을 증명하는 방법으로 로또 사진이 아닌, 딸아이의 성장 사진을 선택했다.
화가 끓어올랐다. 몇 달간 이 순간을 위해 고생했는데 고작!

나는 화풀이로 사진을 당장 삭제하려 했지만, 그럴 수 없었다. 사진 속 공 박사의 표정을 보았기 때문이다. 딸아이의 키를 재고 있는 그의 웃음 가득한, 행복 가득한, 소중한 무언가를 놓치지 않은 그 얼굴을.

"참…"

별수 없다. 어떻게 보면, 그의 발명품이 사실이라고 밝혀졌다는 게 중요하다. 평생 하다 보면 언젠가는 정말 미래에서 로또 당첨 사진이 도착할지도 모른다. 그래, 잘된 일이다.

나는 그 사진을 바탕화면에 저장했다. 어쩌면, 죽기 전 공 박사의 소원대로 과거로 돌아간 그가 다시 선택한 미래가 이 사진이지 않을까? 그렇다면 좋을 텐데.

프러포즈 하는 날

꽤에엑! 꽤엑! 꽤에에에엑! 꽤에엑!

주말 아침, 혐오스러운 핸드폰 알람 소리가 사내를 깨웠다. 알람에 적힌 메모는 '프러포즈'. 어젯밤 사내가 충동적으로 정한 그 계획이 주말임에도 알람을 맞추게 했다.

곧장 욕실로 가 씻고 나온 사내는 거울 앞에서 포마드로 머리를 멋들어지게 넘겼다. 한데,

"이런, 너무 잘 나왔잖아."

사내는 완성된 머리를 조금 억지로 헝클어트린 뒤 집 밖으로 나왔다. 긴소매를 입기에 딱 좋은 폭염 날씨였다. 버스 정류장까지 가는 길, 버스를 기다리는 시간 모두 땀을 뻘뻘 흘리게 했다.

도착한 버스에 오른 사내는 빈자리에 좀 앉을까 고민했지만, 고개를 저었다. 오늘은 행복의 대명사인 프러포즈 날이니까 그럴 수 없었다.

시내에서 내린 사내는 근처 라멘집으로 향했다. 일부러 맛집을 찾아 들어간 건 아니었는데, 맛이 좋았다. 예전 일본 여행 갔을 때의 추억을 되살려줄 정도로 감탄스러운 맛이었다.

"와, 이건 정말 제대로네."

면이 줄어드는 걸 아쉬워하며 즐기던 그때, 가게 문이 열리며 경찰이 들어왔다. 사람들이 돌아볼 때, 경찰이 손에 든 단속 카메라를 내밀며 크게 외쳤다.

"잠시 검문 있겠습니다. 이 식당에서 과도한 행복이 탐지됐습니다."

식당 안의 손님들이 일순간 긴장했다.

"어떡해! 너무 맛있게 먹었나 봐."
"나는 다이어트 스트레스 때문에 아닐 텐데…"

맛집 주인은 흔히 있는 일인지 경찰을 신경 쓰지도 않았다. 경찰은 몇몇 자리를 헤매다가, 사내에게로 다가왔다. 단속 카메라가 사내의 근처에서 붉은빛을 내뿜고 있었다.

"선생님, 잠시 협조 부탁드립니다."
"아…"

사내는 후회했다. 오늘은 실수로라도 맛집에 들어오면 안 되는 날이었는데. 아니, 일본 여행의 추억에 젖어서 맛을 즐기면 안 되는 것이었는데.

"죄송합니다, 제가 오늘 프러포즈 날이라 너무 들떴나봅니다."
"아, 특별한 날이시군요? 주의하셨어야죠."
"한 번만 봐주시면 안 되겠습니까?"
"죄송합니다만, 행복법에 예외는 없습니다. 선생님이 너무 행복해지면, 다른 누군가는 선생님과 자신을 비교하며 불행해지지 않겠습니까? 피해자가 나오기 전에 협조 부탁드립니다."

손바닥만 한 행복 측정기를 꺼낸 경찰은, 끝에 달린 빨대를 사내에게 내밀며 말했다.

"숨을 크게 들이쉬고 부세요."
"아니, 저…"
"어서요."

단호한 경찰의 말에, 어쩔 수 없이 사내가 빨대 끝을 물고 후 숨을 불어 넣었다.

"더더더더더더… 됐습니다."

사내의 숨을 측정한 경찰이 기계를 들여다보며 말했다.

"행복 수치가 79점이 나왔네요."

조바심 내던 사내는 크게 안도했다. 80점부터 벌점이었다. 경찰은 떠나기 전에 조언했다.

"협조 감사합니다. 오늘 과도하게 행복해지지 않도록 조심하시길 바랍니다. 프러포즈 같은 특별한 이벤트가 있을 때 특히 사회면허 취소가 많습니다."
"네, 감사합니다."

사내는 사회면허 취소란 단어만으로도 으슬으슬 떨렸다. 몇 년간 사회와 단절된 채로 갇혀 지내고 싶진 않았다. 하물며 간수도 없는 곳에서.
먹던 라멘을 남기고 밖으로 나간 사내는 땡볕에 좀 앉아 있기로 했다. 에어컨을 너무 즐겼으니 더위를 좀 느낄 필요가 있었다.

그가 인상을 찌푸리며 햇볕을 받고 있을 때, 근처 가게에서 음악이 들려왔다.

"오! 홍혜화 신곡인가? 앨범 나왔다더니."

그녀는 인디 시절부터 사내가 좋아하던 가수로, 긴 무명생활 끝에 대박을 터트리며 승승장구 중이었다. 사내 근처를 지나가던 청년들도 잠깐 멈춰 서서 음악을 감상할 정도로 인기가 대단했다. 그들은 다시 움직이며 말했다.

"노래 좋네. 요즘 홍혜화가 가장 인기 있나?"
"그럴걸? 홍혜화 이번에 한쪽 손가락이 잘렸잖아."
"하긴 그 정도 사랑을 받았으니 어느 정도는 불행해야겠지."

사내는 좀 더 홍혜화의 노래를 듣다가, 아차 싶은 마음에 자리를 이동했다. 좋아하는 음악 감상도 행복한 일이다. 걸음을 빨리한 그는 프러포즈용 반지를 사기 위해 금은방으로 들어갔다.

"어서 오세요!"

환영하는 가게 주인의 등 뒤로, 눈길을 끄는 액자가 걸려 있었다. CCTV 화면을 캡처한 사진이었는데, 금은방이 털리는 장면이다. 아마 범인을 잡지 못한 듯했다. 그러니까 볼 때마다 불행해지기 위해 걸어놓은 거겠지.

잠깐 액자를 본 사내는 곧바로 물었다.

"프러포즈용으로 반지를 생각 중인데, 적당한 가격대로 좀 부탁드립니다."

"아, 축하드립니다! 예산이 어느 정도인지는 몰라도, 요즘 프러포즈하시는 분들은 말이죠."

주인은 곧바로 추천 물건을 쏟아냈다. 사내는 다행히도, 가격을 보자마자 확 불행해지는 것을 느꼈다. 어쩔 수 없이 그중 하나를 구매할 때도 그랬다. 분명하게 불행해졌다. 이 정도면 오늘의 프러포즈는 문제없을 것 같았다.

"감사합니다. 행복한 프러포즈 되시길 바랍니다!"

사내에게 물건을 판 가게 주인은 얼른 뒤돌아 액자를 바라보며 웃음기를 지웠다.

가게를 나선 사내는 약속 장소로 이동하기 위해 택시를 잡아탔다. 잠시 뒤 사내의 전화가 울렸다.

"네, 여보세요."

[안녕하세요. 보근백화점입니다. 저번 달에 참여하신 경품 행사에서 1등 양문형 냉장고에 당첨되셨습니다!]

“네?”

깜짝 놀란 사내가 두 눈을 부릅떴다. 좋지만, 좋을 수 없었다. 하필이면 프러포즈 날 전화를 준단 말인가?

“아니, 갑자기 이러시면 어떡합니까!”
[아, 죄송합니다. 저희가 뽑으려고 뽑은 게 아니라 무작위로 하다 보니 선생님께서 당첨이 되고 말았습니다. 정말 죄송합니다.]
“어휴!”

사내가 전화를 끊자, 옆에서 통화를 듣던 택시기사가 축하했다.

“와우! 경품 냉장고에 당첨되셨다니 축하드립니다.”
“감사합니다. 근데 오늘 제가 여자친구에게 프러포즈하는 날입니다.”
“아이고, 저런. 행복이 겹치셨네 겹치셨어. 요즘 단속이 심하던데 말입니다.”
“그러게 말입니다. 아까도 식당에서 경찰한테 잡혔는데, 어휴. 어떻게 해야 하는지 원. 기사님도 이런 적이 있습니까?”
“저야, 뭐. 요즘 개나 소나 운전면허증을 발급해주는지, 하루 종일 운전만 해도 짜증이 폭발합니다. 행복법에 걸린 택시기사는 못 보셨을걸요? 하하.”

사내는 택시기사가 부러웠다. 목적지에 도착해서는 일부러 잔돈을 받지 않고 내렸다.

여자친구의 직장인 미용실로 들어갔을 때, 여자친구는 손님의 머리를 자르고 있었다.

"어서 오세요! 어? 오빠?"

사내는 다짜고짜 달려가 무릎을 꿇고 여자친구를 올려다보았다.

"어머!"

여자친구가 놀라고, 미용실 손님들의 모든 시선이 집중될 때, 사내가 준비한 반지 케이스를 꺼냈다.

"나와 결혼해주겠어?"
"오오오오!"

주변에서 환호성이 터졌다. 머리를 자르던 손님들까지 가운 속에서 손뼉을 쳤다.

여자친구는 금세 눈물을 글썽거리며 가위를 내려놓았다. 모두가 숨죽여 그녀의 답변을 기다리는 가운데, 마침내 그녀가 고개를 끄덕였다.

프러포즈 하는 날

"그럼, 물론이지."

"와아아아!"

환호성이 최고조로 폭발했다. 엿장수 가위라도 있었다면 마구 쳤을 분위기다. 둘은 뜨거운 포옹과 키스로 축복을 즐겼다. 손님 중 누군가는 휘파람을 불며 농담을 던지기도 했다.

"이거 이거, 경찰 불러야 하는 거 아니야?"

농담 치고는 너무 살벌했지만, 괜찮다. 사실 그녀는 사내를 별로 사랑하지 않지만 받아들였다. 사내도 마찬가지다. 너무 행복하지 않기 위해서 사랑하지 않는 여인에게 프러포즈했다. 둘은 아마 무사히 결혼할 수 있을 것이다.

던전으로 가는 열쇠

김남우가 세상에서 가장 존경하는 사람은 할아버지였다.

착하게 살란 말을 입버릇처럼 달고 사셨던 할아버지는, 김남우가 태어나자마자 돌아가셨던 부모님을 대신해 그를 키워주셨다. 그 할아버지가 돌아가신 지가 이미 1년이나 지났지만, 사는 게 바빴던 김남우는 이제야 유품 정리를 시작했다. 오랜만에 찾아온 어촌 구석의 낡은 집은 먼지로 가득했다. 위치나 세간으로 봤을 때, 굳이 다른 사람이 새로 들어올 일이 없는 집이었다. 김남우도 직장 스트레스로 머리를 비우기 위함이 아니었다면 언제 찾아왔을지도 몰랐다.

방을 정리하며 추억이 쌓인 물건들을 가방에 담던 김남우는, 서랍에서 그 열쇠를 발견했다.

"어? 이건 분명?"

손바닥만 한 녹슨 붉은 열쇠. 김남우는 어렴풋이 어릴 적 할아버지와의 대화가 떠올랐다.

'할아버지 이 열쇠는 뭐예요? 왜 이걸 베개 밑에 두세요?'
'아, 이건 아주 신비한 방으로 가는 열쇠란다.'
'이거 나 주면 안 돼요?'
'으음. 지금은 안 되고, 우리 남우가 나중에 착한 어른이 되면 그때 주마.'

김남우는 열쇠를 집어 들고 쓸쓸하게 웃었다.

"이걸 안 주셨네. 착한 어른이 못 돼서 그랬나?"

할아버지와의 추억을 더듬거리던 김남우는 손바닥보다 조금 더 작은 붉은 열쇠를 주머니에 넣었다.

그날 밤. 서울의 자취방으로 돌아온 김남우는 할아버지를 추억하며 머리맡에 열쇠를 두고 잠들었고, 특별한 꿈을 꾸었다.

꿈속에서 김남우는 평생 처음 보는 공간에 서 있었다. 동굴을 깎아 만든 것 같은 복도였는데, 벽에서 타오르는 횃불이 어둠을 밝히고 있었다. 바로 정면으로 철을 덧댄 나무 문이 닫혀 있었는데, 분위기가 마치 판타지 게임 속 던전 같았다.

'뭐지?'

꿈 같지 않은 현실감에 주변을 두리번거리던 김남우는, 자신의 손에 들린 붉은 열쇠를 발견했다. 뒤돌아 벽이 막혀 있는 걸 확인한 김남우가 문으로 다가갔다. 열쇠 구멍에 붉은 열쇠를 넣자 딱 맞게 돌아갔다.

철컹! 끼이이익-

문 안쪽에는 반원형의 방 하나가 있었다. 가장 먼저 김남우의 시선을 끈 건 방 중앙에 있는 3개의 기둥 위에 올려져 있는 3개의 상자였다. 낡은 상자, 나무 상자, 강철 상자.

좀 더 방 안을 둘러보던 김남우는 보면 볼수록 게임 속 던전이 떠올랐다. 이끼 낀 돌벽과 먼지 쌓인 바닥, 나뒹구는 낡은 철제 투구와 검, 찢어진 헝겊 주머니…

'완전 디아블로 분위기네.'

던전 하면 역시 보물이 든 상자. 김남우의 발걸음이 자연스럽게 상자로 향했다. 3개의 상자 중 가장 왼쪽에 있던 낡은 상자를 조심스럽게 열었는데,

'오!'

안에는 동전 몇 개와 양피지 문서가 들어 있었다. 문서에는 이렇게 적혀 있었다.

[부산 영도구 영선동 개미분식 앞 하수구에 버려진 2,300원]

김남우는 무심코 손을 뻗어 상자 안의 동전들을 꺼냈다. 진짜 돈과 똑같은 촉감이라고 느끼던 그 순간, 김남우의 시야가 갑자기 어둠에 잠겼다.

'어? 어어어어어?'

이윽고,

"아!"

김남우는 자취방 침대 위에서 깨어났다. 너무나도 선명했던 꿈에 혼란스러운 것도 잠시, 그를 더 경악하게 한 건 손에 들린 동전이었다.

"이, 이게 왜 여기?"

설마 아직도 꿈일까 싶었던 그 순간, 방 안에 엄청난 악취가

풍겼다.

"큽!"

코를 틀어막은 김남우가 얼른 침대에서 내려와 창문을 열었다. 창밖으로 보이는 풍경은 언제나 보던 현실의 그것이었다.

"여긴 꿈이 아닌데…"

김남우는 자신의 손바닥을 내려다보았다. 동전 2,300원이 있었다. 그 순간 어릴 적 할아버지가 바가지에 동전을 씻던 모습이 떠올랐다. 그러고 보니, 유독 자주 동전을 씻지 않으셨던가?
김남우의 고개가 급히 침대 베개 쪽으로 돌아갔다. 할아버지의 유품인 붉은 열쇠로.

.
.
.

'진짜였어!'

설마 하던 생각은 다시 꿈속 던전을 방문하면서 현실이 되었다. 김남우는 바로 문을 열고 들어갔다. 이번에도 3개의 상자가 중앙 기둥 위에 놓여 있었다.
김남우는 가장 오른쪽에 있는 강철 상자를 먼저 열어보았다가, 깜짝 놀랐다.

'뭐? 이백만 원이라고?'

강철 상자엔 현금 뭉치가 들어 있었는데, 함께 들어 있던 양피지에 이렇게 적혀 있었다.

[울산 남구 삼산동 42세 김병욱 씨가 어머니 병원비를 계산하기 위해 인출해둔 200만 원]

침을 꿀꺽 삼킨 김남우는 나무 상자도 열어보았다. 조금 더 적은 현금 뭉치와 양피지가 들어 있었다.

[서울 광진구 자양동 15세 장지현 씨가 전단 배포 아르바이트로 받은 봉투 안의 15만 원]

마지막으로 연 낡은 상자에는 어젯밤처럼 동전이 들어 있었다.

[서울 은평구 녹번동 녹번해천탕 앞 하수구에 버려진 3,100원]

김남우는 모든 상자 앞을 서성거렸다. 꿈에서 가져온 돈이 현실에도 그대로 있었다. 그렇다면 저 200만 원을 빼간다면? 심장이 뛰었다. 다만 문제는, 양피지의 글귀였다.

'어머니 병원비? 끄응.'

이건 그 사람의 돈을 훔치는 게 아닌가! 김남우는 어릴 적 할아버지가 말했던, 착한 어른이 되었을 때 열쇠를 물려주겠다던 그 말뜻을 이제야 알 것 같았다.

'할아버지는 어떻게 하셨을까?'

생각해보던 김남우는 금세 고개를 저었다. 답은 뻔했다. 어촌에서 홀로 아이를 키우며 새벽같이 바다로 고기잡이배를 띄우던 분이셨다.
강철 상자 앞에서 갈등하던 김남우는 눈을 질끈 감고 나무 상자로 이동했다. 어린아이가 전단지를 돌리고 힘들게 번 돈 15만 원.

'에휴.'

한숨을 내쉰 김남우가 마지막으로 선 곳은 결국, 낡은 상자 앞이었다.

'하긴, 할아버지도 항상 동전만 썼으셨었지.'

김남우는 할아버지와 같은 선택을 하기로 했다. 낡은 상자의 동전을 집어 들었고, 곧바로 주변이 어두워졌다.

"아!"

침대에서 깨어난 김남우는, 손에 들린 동전 3,100원을 확인했다. 곧바로, 방 안이 악취로 가득 찼다.

"큽! 이 냄새는 하수구 냄새야, 뭐야?"

아마도 이 냄새가 상자에서 동전을 가져오는 대가 같았다. 방 안을 환기하던 김남우는, 동전 3,100원을 바라보며 복잡한 표정을 지었다. 평생 불로소득을 얻을 수 있는 행운이었지만, 지금 그의 머릿속에 떠오르는 것은 꿈속에 놔두고 온 지폐 다발이었다.

.
.
.

"우리나라에 버려진 동전이 정말 많구나."

김남우는 꿈을 꿀 때마다 전국 각지에 버려진 동전을 긁어모았다. 어떤 때는 놀이터에 버려진 동전이, 어떤 때는 바다에 버려진 동전이 있었다. 그때마다 놀이터의 냄새, 바다의 냄새가 방 안을 가득 메웠다. 놀이터에서 줍는 동전이 가장 좋았고, 하수구가 최악이었다.

비록 얼마 안 되는 수입이긴 해도, 김남우는 그 자체로 즐거웠다. 게임 속 던전에서 보상을 얻는 재미가 느껴졌다. 남의 돈을 훔칠 순 없으니 낡은 상자의 동전만 가져가야겠지만, 그래도 꼭 3개 상자에 얼마가 들어 있는지 다 열어보곤 했다. 그 때문에 크게 흔들린 적도 있었다.

'330만 원! 내 월급보다도 많잖아!'

강철 상자에 현금 330만 원이 들어 있었던 날, 누군가의 학자금을 훔칠 순 없었기에 참았지만, 상자 앞에서 꽤 오래 서성거렸었다.

하루하루가 지날수록 김남우는 자신을 장담할 수 없었다. 매 순간 남의 돈 앞에서 흔들리는 자신이 보였다. 성인이 된 후에도 할아버지가 열쇠를 안 준 건, 혹시 손주가 이럴 걸 다 알았기 때문이었을까?

"참자. 그래도 참아야지. 아무리 들키지 않는다고 해서 도둑 놈이 아닌 건 아니다. 하늘에 계신 할아버지가 실망하신다."

김남우는 매번 애써 자신을 다잡았다. 하지만 직장 생활을 할 때면, 친구들과 술자리에서 떠들 때면, 쇼핑을 할 때면, 그의 마음속에는 어느새 이런 생각이 자리했다.

'내가 마음만 먹으면!'

돈 문제는 언제든지 해결할 수 있다는 자신감.

그것이 삶의 태도를 여유롭게 했다. 자기도 모르게 씀씀이가 커지고, 친구들을 만나면 손쉽게 쏘게 되고, 직장 일도 해이해졌고, 사고 싶었던 비싼 물건을 검색하는 일이 잦아졌다.

김남우는 자신의 한계를 예감했다. 그저 하나의 계기가 필요할 뿐이었다.

[광주 광산구 도호동 36세 임미진 씨가 아이 돌잔치 축의금으로 모은 125만 원]

'돌잔치에 금반지 대신 받은 돈은 어차피 공돈에 가까운 거 아닌가?'

김남우가 자기합리화를 하기 시작한 며칠 뒤. 추석이라 낮잠을 자던 그는 나무 상자 앞에서 심각하게 고민했다.

[부산 동래구 낙민동 13살 김민규 씨가 할아버지에게 받은 용돈 5만 원]

'요즘 애들 명절에 몇십만 원씩 받는다던데, 이 정도는 괜찮지 않나? 뭐 큰돈도 아니고 그냥 5만 원이잖아.'

한참을 갈등하던 김남우는,

'에라 모르겠다! 할아버지, 죄송합니다!'

눈을 질끈 감고 나무 상자에서 5만 원을 집어 들었다. 곧바로 던전이 어둠 속에 빠져들었다.

"아!"

침대에서 깨어난 김남우는 바로 자신의 손을 확인했다. 확실한 현금 5만 원의 느낌에 미소를 지으려던 그 순간,

"악! 뭐야! 누구야? 누가 내 돈 훔쳐갔어?"

갑자기 방 안에서 낯선 목소리가 울렸다! 화들짝 놀란 김남우가 황급히 고개를 두리번거렸다.

"내 돈! 엄마! 내 돈! 내 5만 원이 갑자기 사라졌어!"

아이의 목소리가 바로 곁에서 들려왔지만, 모습은 보이지 않았다. 김남우는 그 목소리의 주인이 누군지 바로 알았다.

"엄마! 내가 돈 흘린 것도 아닌데! 갑자기 누구 손이 내 손에서 돈을 훔쳐갔다고! 나 진짜 안 흘렸는데, 내 돈이 갑자기 없어졌다니까? 아, 내 돈 어디 갔어!"

"으, 으…"

불안한 모습으로 어쩔 줄 몰라 하던 김남우는, 돈을 침대 위에 놓고 방 밖으로 나와 문을 닫아버렸다. 그래도 희미하게 들리던 아이의 징징거림은 5분 정도 뒤에야 사라졌다.

"와, 세상에…"

다시 방 안으로 돌아온 김남우는 침대 위 5만 원을 보며 생각했다. 아마도 낡은 상자의 동전을 가져왔을 때 방 안에 냄새가 퍼졌던 것처럼, 이것이 나무 상자의 대가인 것 같았다. 돈을 도둑맞은 사람의 심정을 느끼게 해주는 것일까?

김남우는 죄책감이 들었지만, 그래도 5만 원을 지갑에 챙겼다. 어차피 벌어진 일이니까. 다만, 다시는 남의 돈을 훔치지 말자며 고개를 절레절레 흔들었다.

그러나 그 다짐은 며칠이 지나자 점점 옅어졌다. 세상에는 돈만 있으면 할 수 있는 일이 너무나도 많았고, 월급 받으려고 하는 회사 일은 스트레스가 심했다. 꿈속에서 월급보다도 더 큰 지폐 다발을 볼 때마다 마음이 흔들렸다. 김남우는 성실한 할아버지를 닮고 싶었지만, 자신은 그런 인간이 못 됨을 인정해야만 했다.

가기 싫었던 회식 자리에 참석했다 늦게 퇴근한 그날 밤. 꿈속 던전에 들어간 김남우는 강철 상자의 양피지를 보고 자기합리화를 시작했다.

[서울 광진구 화양동 41세 김만석 씨가 운영하는 도박장 수입 180만 원]

'뭐야, 도박장? 이건 나쁜 놈 돈이잖아! 불법으로 막 번 돈, 이런 건 훔쳐도 되잖아!'

바로 손을 뻗던 김남우는 멈칫, 갈등했다. 그래도 도둑질인데, 정말 해도 될까? 그냥 할아버지처럼 낡은 상자에서 동전이나 가져가는 게 옳은 것 아닐까?

김남우는 가장 존경하는 할아버지의 얼굴이 떠올라 망설여졌다. 그러나 곧,

'이런 좋은 능력이 있는데 평생 동전이나 가져간다고?'

이를 악문 김남우가 손을 마저 뻗어 180만 원을 움켜쥐었다.

곧바로, 그의 의식이 어둠 속에 잠겼다.

"으음… 아!"

침대에서 깨어난 김남우는 곧바로 손의 돈을 확인하려 했다. 하지만 그의 잡고 있는 것은 돈뿐만이 아니었다.

"씨발, 뭐야! 여기 어디야? 뭐야, 넌?"

김남우의 손이 낯선 사내의 손을 마주 잡고 있었다. 팔뚝에 문신이 가득한 41세 김만석 씨의 손을 말이다.

"이런 씨발, 이게 뭔 상황이야? 야! 야!"

김남우는 멍청한 얼굴로 사내를 바라보았다.

⋮

김남우는 고향 어촌으로 도망쳤다.
그날, 김만석 씨는 이 상황이 뭐냐며 주먹을 휘둘렀지만, 김남우는 맞으면서도 끝까지 아무것도 모른다며 잡아뗐다. '자다가 깨어보니 당신이 있었다'는 김남우의 말이 미심쩍었지만, 다행히도 술기운이 있었던 김만석 씨는 김남우의 전화번호와 직장만 알아놓고 일단 돌아갔다. 하지만 언제든 다시 김남우를 찾아올 건 뻔했다. 그의 입장에서는 말 그대로 공간이동을 한 셈이 아닌가? 김남우는 그 깡패가 자신을 계속 찾아올 것이 두려워 바로 서울 생활을 정리했다.

섬으로 들어가는 배 안에서 김남우는 후회했다. 할아버지처럼 낡은 상자의 동전에 만족했어야 했는데, 그러지 못한 자신의 욕심을 탓했다. 그럼에도 불구하고 주머니 속에서 붉은 열쇠를 꼭 쥐고 있었다. 아무 대책 없이 고향으로 내려가는 그가 기댈 건 붉은 열쇠뿐이었다. 어촌 일을 못 하더라도, 붉은 열쇠만 있으면 최소한 굶어 죽진 않을 것 같았다. 강철 상자 속 돈은 못 건드리겠지만, 나무 상자는 그냥 목소리만 들리는 거라 견딜 수 있다. 죄책감 따위, 이 상황에 신경 쓰이지도 않았다.

고향에 도착한 김남우는 먼저 동네 노인정으로 가 어르신들에게 인사를 드렸다.

"아이고, 이게 누구여? 헛돌이네 남우 아녀?"

김남우를 기억한 어르신들은 환영해주었고, 김남우는 앞으로 이곳에서 지낼 것 같다며 한 가지를 물었다.

"근데 혹시, 저희 할아버지가 타시던 배는 어떻게 됐는지 아세요? 새벽마다 물고기 잡으러 다니셨잖아요. 저도 그 일이나 해볼까 해서요."

그러자, 노인은 손을 내저으며 말했다.

"아이고, 됐다. 그 작은 배 고건 낚싯배도 아녀. 그걸로 고기 잡으러 다녔다간 굶어 죽어!"
"네?"

김남우는 이해할 수 없었다.

"아니, 그래도 저희 할아버지가 그 배 한 척으로 저 다 키워주시고 하셨는데…"

그러자 노인은 금시초문이라는 듯한 얼굴로 말했다.

"뭔 소리여? 그 양반이 제대로 물고기 파는 모습을 내가 한 번도 못 봤는디."
"네?"
"그러고 보니 너네 할배는 뭐로 돈 벌었는가 모르겠네. 허구헌 날 바다는 나가는 것 같던디…"

김남우의 두 눈이 사정없이 흔들렸다. 이게 무슨 말일까? 그럼 할아버지는 새벽마다 홀로 바다로 나가서 뭘 했단 말인가?
의문에 찬 얼굴로 돌아가던 김남우는 무언가를 보았다.

"아!"

김남우의 온몸이 부들부들 떨렸다.

"아…아… 아아아아!"

그가 어릴 적, 어촌에 위령비가 세워진 적이 있었다. 유독 이 섬에만 자꾸 바다에 빠져 죽은 시체가 떠내려 온다며, 이 섬에 있을 이유가 없는 사람의 시체가 떠내려 온다며…

한국에서 성공하는 방법

노력은 배신하지 않는다.

찢어지게 가난한 흙수저 김남우는 오직 그 말을 등대 삼아 달려왔다. 노력만으로 모자라 매일 밤 신께 빌기까지 했다.

'제발 흙수저 인생을 탈출하게 해주세요!'

결과, 유명 대기업 인턴까지는 성공했다. 거기서 만족하지 않았다. 진정한 인생의 성공을 위해 더욱 노력했다. 하늘은 정말 스스로 돕는 자를 돕는 것인지, 김남우는 이도령의 방문을 받게 되었다.

"자네가 그렇게 술이 세다지?"

특별한 직위 없이 이도령이라고만 불리는 중년인은, 회장님의 최측근 중 최측근이란 소문이 공공연하게 돌던 남자였다. 그는 김남우를 위아래로 살펴보며 말했다.

"튼실하군. 자네, 그럼 회장님과 함께 회식 한 번 하지."
"네? 아… 네! 알겠습니다!"

군기가 바싹 들어 대답했지만, 김남우의 머릿속은 복잡했다. 회장님과 함께 회식이라니! 보근그룹의 그 김 회장님과 내가? 왜지? 무엇 때문에?
당장 부서의 모두가 관심을 쏟았지만, 딱히 이렇다 할 예상을 내놓는 이가 없었다. 그저 그들은 김남우를 달리 보기 시작했을 뿐이다.

"너 설마 회장님의 숨겨진 친인척이나 그런 건 아니겠지?"
"혹시 드라마처럼, 길 가다가 쓰러진 회장님을 구한 적이 있다거나요?"

김남우는 그저 고개만 저었고, 며칠 뒤에야 실상을 파악하게 됐다. 이도령이 오전부터 김남우를 불러내어 설명해줬다.

"효형그룹의 장 회장님이 우리 회장님과 가까운 거 알지? 전에 두 분이 사업차 술자리를 했는데, 글쎄 장 회장님이 데려온 친구가 술이 장난 아니었던 게야. 술 싸움이라는 게 무식할지 몰라도, 또 우리 시절 사람들은 자존심이거든 그게. 그날 우리 쪽 애들이 그 친구에게 술로 다 털렸어. 우리 회장님이 자존심이 또 얼마나 세? 특히 장 회장님한테 말이야. 그러니까 아무튼, 자네 오늘은 일하지 말고 점심 든든히 먹고 저녁에 술 마실 준비해. 부서에는 내가 말해줄 테니까."

"아! 알겠습니다!"

술 세다는 게 이렇게 도움이 될 줄이야, 김남우는 묘한 기분으로 저녁을 기다렸다.

드디어 저녁, 김남우는 김 회장과 같은 차를 타게 되었다. 짤막한 키지만 단단함이 느껴지는 김 회장은 김남우를 곧바로 평가했다.

"이 친군가? 자네 술 좀 먹나? 잘 먹겠지. 생긴 게 그럴 것 같이 생겼어. 그래, 지금 무슨 일 하고 있나?"

"네! 영업입니다!"

차가 이동하는 동안, 김남우는 김 회장의 모든 질문에 성심성의껏 대답했다. 이 기회를 절대 놓치지 않으리라 다짐했고, 실제 술자리에서도 훌륭하게 해냈다. 끝도 없이 술을 퍼마신 것이다.

"파하하하! 이봐, 장 회장. 저기 저 박 과장이란 친구는 오늘

컨디션이 좋지 않은가 보군? 벌써 뻗으면 우리 김 사원은 누구랑 술을 마시나. 이거야, 원!"

"으으음. 거, 저 친구 엄청 술고래구만. 크흠."

어느새 김 회장에게 '우리'라는 칭호를 얻게 된 김남우는 속으로 만세를 불렀다. 목구멍까지 술기운이 올라왔지만, 필사적으로 누르면서 멀쩡한 모양새를 유지했다. 그날 밤 제대로 면을 세운 김 회장은 김남우에게 호텔 방을 내어주더니, 다음 날 아침 사우나까지 초대했다. 김남우는 완전히 김 회장의 눈에 든 것이다.

사우나로 향하며, 김남우 신분에 맞게 구석에서 조용히 있을 계획이었다. 한데, 김 회장의 벗을 몸을 보자마자 그만, 놀란 소리를 터트리고 말았다.

"헉!"

김남우의 떨리는 시선이 김 회장의 중요 부위에 꽂혀 있었다. 김 회장이 왜 그러냐는 듯 쳐다보자,

"그, 그, 아닙니다!"

김남우는 얼른 고개를 돌렸다. 김 회장은 별다른 신경 없이 사우나의 상석으로 가 앉았다. 주변으로 고위층들이 앉으며 잡

담이 오가는데, 김남우만은 안절부절못했다. 그는 자신이 본 것을 믿을 수가 없었다. 설마 잘못 봤겠지? 아니, 그럴 리가 있나? 듣도 보도 못했는데, 설마?

눈치를 보던 김남우는, 조심스럽게 다시 김 회장을 보았다.

'헙!'

잘못 본 게 아니었다. 입을 틀어막은 김남우는 얼른 고개를 돌렸다. 다시 힐끔거리며 김 회장의 중요 부위를 훔쳐봐도, 너무 놀랍다. 도저히 상식적으로 이해할 수 없었다.

'아니, 불알에 왜 지퍼가 달려 있는 거지?'

지퍼가 달려 있었다. 잡고 내리고 올리는 그 지퍼가 불알에 한 줄로 박혀 있었다. 김남우의 상식으로는 이해가 안 됐다. 더 이해가 안 가는 건, 다른 이들의 태도였다. 그 누구도 신경 쓰지 않는 것 아닌가? 사람 몸에 지퍼가 달렸는데! 그것도 불알에 달렸는데!

김남우가 미친 듯이 혼란스러워할 때, 회장이 손짓했다.

"어, 맞어! 저 친구 이름이 뭐였지? 이봐!"
"넵!"

얼른 달려간 김남우는, 좀 더 가까이서 '그것'을 확인할 수 있었다. 가까이서 보니까 더 확실하게 보였다.

"자네 어제 술 정말 잘하더군! 하하. 젊은 친구라 다른가? 음? 자네 지금 어딜 보나?"
"네? 아! 아, 아닙니다!"
"흠. 뭐, 다음 주에도 장 회장이랑 자리가 있는데 그때도 나오라고. 꼭이야. 파하하."
"넵! 감사합니다!"

김남우는 90도로 고개를 숙이면서, 눈동자를 굴려 다시 보았다. 어떻게 저렇게 피부에 박힌 것처럼, A자형 손잡이까지 대롱대롱, 사람 몸에 저게 어떻게…
김남우는 너무 신경 쓰여서 그날 사우나에서 있었던 대화는 하나도 기억나지 않았다. 집으로 돌아와서도 마찬가지였다.

"불알에 지퍼는 도대체 뭐야?"

김남우는 자신이 모르는 무언가 있나 싶어 인터넷에 검색해봤지만, 아무것도 나오지 않았다. 머릿속으로 상상력만 폭발했다. 상위 0.1%만 사용하는 무슨 시술법일까? 발기가 안 될 때 쓰는 무엇일까? 설마 폼으로 단 피어싱 같은 건 아니겠지?

"으… 미치겠네, 도대체 뭐야?"

한 번 꽂히면 잊어버리질 못하는 성격의 김남우는, 김 회장 불알의 지퍼가 신경 쓰여서 잠도 오지 않았다. 너무 궁금했다. 도대체 그게 뭘까? 결국, 인터넷에 익명으로 질문을 올렸다.

[제목 : 불알에 지퍼를 다는 경우가 있습니까?]
[불알에 지퍼를 다는 경우가 있습니까? 옷에 달린 지퍼 말입니다. 혹시 불알에 지퍼를 다는 경우를 들어보거나 보신 적 있으신 분? 불알을 동전 주머니라고 치면, 그 입구에 달려 있는 것처럼 지퍼가 피부에 달려 있는데 말입니다.]

그러나 '미친놈 ㅋㅋㅋ'란 댓글이 달릴 뿐, 그 누구도 불알 지퍼에 대한 걸 알지 못했다.

다음 주. 이도령이 이번에도 김남우를 준비시키기 위해 오전부터 찾아왔을 때, 김남우는 도저히 참지 못하고 물었다.

"저기, 어르신. 회장님의 그… 중요 부위에 말입니다."
"음? 중요 부위?"
"그게… 그, 고오환 쪽에 말입니다. 그게… 뭐지요?"
"뭐? 고환?"

이도령은 미간을 찌푸리며 김남우를 쳐다보았다.

"회장님 고환에, 뭐?"

"그러니까 그, 회장님 고환에 그…게 뭐죠?"

"그게 뭔 질문이야? 회장님 고환이 크다고? 작다고?"

"아니아니, 그러니까 그거 있잖습니까. 고환에 달린 그…"

"고환에 달린 거? 그게 왜? 너도 달렸잖아. 첨 봐?"

"아니, 그걸 말하는 게 아니라요. 아, 그! 지퍼…"

"지퍼? 지퍼 올리다가 낀 적이 있냐고?"

"아니, 아니요! 아우, 참."

답답했지만, 김남우는 이도령이 모른다고 판단했다. 아니면 감쪽같이 모르는 척하는 것이거나. 그렇다면 설마? 그 지퍼는 자신의 눈에만 보였다는 말인가? 그날 혹시 술을 너무 많이 마셔서 헛것을 본 걸까? 김남우는 차라리 그렇게 생각하기로 했다.

"쓸데없는 소리하지 말고, 오늘도 점심 든든하게 먹고 저녁 준비해. 일은 하지 말고 어디 찜질방 같은 데서 푹 쉬고 있어. 장 회장님이 술 센 양반 데려올 게 뻔하니까. 응?"

"네. 알겠습니다."

김남우는 잊어버리자고 고개를 흔들며 그날 저녁을 준비했다. 그래, 지퍼가 뭐가 중요하겠는가? 중요한 건 이 흙수저 인생을 역전할 기회가 자신에게 왔다는 거지.

그날의 술자리에는 정말로 장 회장이 젊은 거구의 직원을 데리고 나타났다. 김남우는 눈에 힘을 주고 최선을 다했다. 결과,

"파하하하! 이봐, 장 회장! 그 친구 간 것 같은데? 우리 김 사원이 또 심심하잖어! 거 회사에 인재가 그렇게 없어서야, 원."

"크흠."

흙수저로 태어났지만 위장만은 금수저였는지, 김남우는 다시 한번 회장에게 점수를 따는 데 성공했다. 완전히 회장의 맘에 들었고, 이번에도 호텔 숙박에 이어 사우나에까지 초청되었다. 한데,

"아니, 저게 도대체 저기에 왜…"

눈을 비벼가며 다시 보아도, 회장님의 불알엔 지퍼가 달려 있었다. 김남우는 헛것을 본 게 아니었다. 도저히 이해할 수 없어서 다른 사람들을 돌아보았지만, 누구도 그 지퍼를 신경 쓰는 이가 없었다. 왜? 저게 안 이상한가? 저게 안 궁금한가? 도대체 어떻게 아무도 신경 쓰지 않느냐 말이야, 이 양반들아!

김 회장은 김남우를 발견하고는 옆자리를 두드렸다.

"우리 김 사원! 어제 정말 대단했어. 대단해! 이리 오게나! 다

들 어제 장 회장 표정 봤지? 파하하하!"

　이도령이나 앉는다는 회장님의 옆자리였지만, 김남우의 정신
은 온통 그곳에 쏠려 있었다. 첫날보다 익숙해진 지금, 그의 궁
금증은 이것이었다.

　'저 지퍼는 과연 열어질까?'

　손잡이가 대롱대롱 하는 걸 자세히 살피니, 아무리 생각해도
내릴 수 있을 것 같았다. 그렇다면 무슨 일이 벌어질까? 김남우
의 상상력이 멋대로 돌아갔다.
　회장은 지퍼를 내려봤겠지? 혹시 영화 〈맨 인 블랙〉처럼 지퍼
를 열면 외계인이 나타나는 게 아닐까? 외계인이니까 이런 대기
업의 회장까지 됐을지도 모른다. 아니면 혹시 황금알을 낳는 거
아닐까? 그걸 밑천으로 성공했다거나… 한 번에 2개씩 말이다.

　"김 사원! 무슨 생각을 그리 하나?"
　"네? 아, 아닙니다!"

　김남우는 주변에서 떠드는 이야기가 귀에 들어오지 않았다.
자꾸만 회장의 중요 부위를 훔쳐보게 되면서, 한 가지 욕망이 강
렬하게 일어났다.

'열어보고 싶다!'

너무 궁금했다. 나, 혹은 회장 스스로라도 좋으니 지퍼를 한 번만 열어봤으면 좋겠다. 저 지퍼를 열면 안에 무엇이 있는지, 무슨 일이 일어나는지 너무나도 궁금했다.

대놓고 물어볼까? 그럴 수 없다. 주변에 고위층들이 모두 모른 척하는데 어떻게 감히. 지나가는 어투로 언급할까? 아니다. 일개 사원이 감히 회장님의 불알을 거론해도 되나? 적어도 오늘은 용기가 안 난다.

김남우는 그날 사우나를 마치며, 좀 더 회장님과 친근해지면 물어보리라 다짐했다. 기회는 금방 왔다. 며칠 만에 또 술자리가 있었고, 이번에도 김남우는 멋지게 이겨냈다. 김 회장은 그에게 아예 찬사를 보냈고, 그 흥은 술자리가 끝나고도 이어졌다.

"장 회장 욕하는 거 봤어? 푸하하! 잘했어 잘했어! 술 더 할 수 있나? 있지? 방에서 더 마시자고! 어이, 이도령이!"

김 회장, 김남우, 이도령 셋은 호텔 방으로 가서 술을 더 마셨다.

"이 친구는 그렇게 먹고도 아직도 멀쩡해! 아주 멀쩡해! 정신력이 대단해! 이런 친구가 우리 회사의 보물 아니겠나, 이도령? 응? 아니, 이도령? 이도령이? 벌써 뻗었나? 하 참!"

회장님의 눈에 확실하게 들었단 사실을 실감하는 순간, 김남우는 속으로 희열했다. 그 사실로 술이 안 취할 지경이었다.

"회장님, 주무십니까? 회장님?"

먼저 쓰러진 이도령에 이어 김 회장도 쓰러지자, 김남우는 둘을 침대까지 옮기며 끝까지 자리를 마무리했다. 본인도 술기운에 비틀거렸지만 최선을 다했고, 욕실로 들어가 찬물로 세수했다. 한데, 욕실을 나왔을 때 깜짝 놀랐다. 침대 위의 김 회장이 옷을 다 벗어젖힌 게 아닌가?

자기도 모르게 김남우의 눈이 김 회장의 불알로 향했다. 지퍼가 달려 있는 그곳으로.

"…"

술기운 때문인지, 김남우는 멍하니 눈을 뗄 수가 없었다. 도대체 저건 뭘까? 왜 불알에 지퍼가 달려 있는 걸까? 대기업 회장이라는 사람들은 다 달고 있을까?

김 회장이 몸을 뒤척일 때마다 A자형 지퍼 손잡이가 조금씩 흔들렸다. 김남우의 눈에 손잡이가 점점 크게 들어왔다.

'열어보고 싶다.'

한국에서 성공하는 방법

강한 열망이 피어올랐다. 동시에, 이성적으로 반대했다. 저걸 열었다가 김 회장이 깨면? 열었을 때 아프다면? 어렵게 쌓아놓은 성공의 기회가 송두리째 사라질지도 모른다. 하지만,

"…"

김남우는 자신도 모르게 김 회장에게 한발 다가갔다. 도대체 왜 사람의 몸에 지퍼가, 그것도 거기에 달려 있을까? 뭘까? 열면 뭐가 나올까? 무슨 일이 벌어질까? 천지가 뒤집힐 이상한 일이 벌어질까? 김 회장이 어쩌면 인간이 아닐 수도 있지 않을까? 지퍼 속에 파란 피부가 숨어 있는 건 아닐까? 지퍼 속에 다른 사람이 들어 있는 건 아닐까? 지퍼 안에 기계가 숨어 있지 않을까? 지퍼를 열면 별세계가, 지퍼를 열면 황금알이, 지퍼를 열면, 지퍼를, 지퍼를….

'차갑다!'

김남우는 순간 정신이 번쩍했다! 손끝으로 느껴지는 감각 때문이다. 자신의 뻗은 손가락 끝이 어느새 지퍼 손잡이를 붙잡고 있는 것이 아닌가!

술기운이 그의 판단력을 흐리게 했을지도 모른다. 고작 호기심 하나로 모든 걸 망쳐버릴 이유가 없는 일이었다. 하지만, 자신도 모르게 다가가 자신도 모르게 지퍼를 잡은 김남우는 결국,

불알에 달린 지퍼를 내려버렸다.

　찌. 찌이이이익!

　지퍼는 아주 부드럽게 톱니를 가르며 내려갔다. 두 눈을 부릅
뜬 김남우의 시선이 열리는 지퍼 너머로 집중했다.

　"아!"

　지퍼 안에는 끝이 보이지 않는 어둠, 우주가 있었다. 김남우가
짧게 탄식의 음성을 내뱉은 그 순간, 그의 전신이 손끝을 향해
휘몰아쳤다!

　"어어어어 아아아아아–!"

　열려버린 지퍼의 안쪽 공간이 김남우를 빨아들였다! 블랙홀
에 빨리듯, 김남우의 몸이 2차원의 것이 되어 지퍼의 속으로 빨
려 들어갔다!
　"안 돼."라는 비명도 못 지르고, 열면 안 됐다는 후회의 말도
못 지르고, 김남우는 불알 지퍼 너머의 공간으로 사라졌다. 그의
몸이 완전히 삼켜지고 적막만이 호텔 방을 감싸던 그때,

　"으흠냐. 음냐."

잠결에 불알을 긁적이는 김 회장의 손이 지퍼를 잠갔다.

찌이이이익!

.
.
.

"야야, 소식 들었어? 보근그룹 김 회장이 그 나이에 늦둥이를
봤단다! 아들이래, 아들!"
"햐! 그 애는 완전 금수저 물고 태어났네. 부럽다, 부러워!"

나는 수염이다

    나는 수염이다.

    전생의 기억을 가진 채 수염으로 환생하는 것이 내가 저승에서 받은 형벌이었다. 살면서 혹시 사후세계가 있다면 지옥에 떨어질지도 모른다고 생각은 했지만, 그 형벌이 이런 것일 줄은 몰랐다.

    [공장을 운영하며 플라스틱 찌꺼기를 자연에 무단 투기한 죄, 직원을 권력으로 성추행한 죄, 유독성 원료를 알면서도 속이고 납품한 죄, 밀린 월급을 안 주려고 파산을 가장한 죄.]
    "아니 뭐, 내가 사람을 죽인 것도 아닌데…"

    별 것 아닌 몇 가지 죄들로 인해 나는 환생 대기실로 보내졌다. 그곳에서 내가 수염으로 환생하게 된다는 말을 들었을 땐 황당했다. 머리로는 이해가 안 되는 형벌이었다. 그러다 옆에서 대기 중인 한 남자와 대화하며 이해하게 되었다.

"저는 방금 막 손톱으로 환생을 끝내고 온 참입니다. 누군가의 손톱으로 산다는 건 정말 끔찍한 일이었습니다. 보지도 듣지도 못하고 오직 고통만 느낄 수 있습니다. 손톱이 깎일 때마다 온몸이 잘려나가는 고통을 느껴야 했고, 손톱 끝을 다듬는다고 사포질을 할 땐 생살을 갈아대는 듯한 고통을 받아야 했습니다. 누군가의 수염이라고 하셨습니까? 그가 수염을 밀 때마다 엄청난 고통을 느끼게 될 겁니다."

"세상에!"

끔찍했다. 상상만으로도 소름이 끼쳤다. 내 표정에 그의 얼굴도 우울해졌다.

"그래도 당신은 한 번만 환생하면 된다고 하지 않으셨습니까? 저는 앞으로 두 번의 환생을 더 해야만 합니다."

"아니, 도대체 무슨 죄를 지으셨길래요?"

"부모님 가슴에 못을 박은 죄로…"

겨우 그걸로 이 끔찍한 형벌을 세 번이나 반복해야 한다니? 아마 진짜 말뚝으로 부모님을 살해하기라도 했나 보다.

그가 두 번째 환생을 하러 끌려간 뒤, 나는 혼자 두려움에 떨었다. 집채만 한 면도기가 '위이잉' 소리를 내며 내 몸을 갉아내는 모습, 커다란 면도날이 내 몸을 수백 번 저미는 모습이 그려졌다.

싫어도 내가 환생할 차례는 다가왔고, 그렇게 난 마음의 준비도 없이 수염으로 환생하게 되었다.

수염이기에 볼 수도 들을 수도 없었지만, 단 하나 신체의 존재감만은 분명하게 느껴졌다. 이것이 내 몸이라는 확실한 감각. 만약 이 몸이 면도날에 잘려나간다면, 어마어마한 고통을 느낄 것이 분명했다. 두려웠다. 이것이 죗값이라면 너무 큰 죗값이다.

며칠이 지났다.

처음에 느꼈던 공포는 어느 정도 진정되었다. 어차피 수염일 뿐인 내가 할 수 있는 건 하나도 없다. 내가 할 수 있는 건 오직 생각하는 것뿐이다. 지금은 그냥 궁금했다.

나는 누구의 수염일까?

누군지는 몰라도 제발 단명했으면 좋겠다. 손톱이었던 그 친구는 60년 정도를 손톱으로 살았다고 했던가? 설마 나를 달고 있는 사람이 100살까지 장수하는 일은 없겠지? 으, 제발 10대에 오토바이 사고로 죽어버렸으면, 학업 스트레스로 자살이나 해버렸으면.

며칠이 더 지났다.

나는 수염이다

난 아직 온몸이 절단되는 고통을 겪지 않았다. 희망적인 가능성이 몇 가지 떠올랐다.

너무 어려서 수염을 밀 필요가 없는 경우일까? 모르겠다. 내 수염의 주인이 태어날 때 환생하는지, 아니면 이미 태어나 있던 사람의 수염이 되는지 알 수 없다.

혹시, 가수 박상민처럼 수염을 안 미는 사람의 수염일까? 아니지, 수염을 안 민다고 해도 관리는 하니까. 알 수가 없다.

시간이 더 지났다.

생각해봤다. 수염이란 건 일단 자란 뒤에야 수염이라고 이름 붙는다. 고로 내가 수염으로 태어난 걸 자각한 순간은, 이미 그 주인의 얼굴에 수염이 자란 순간부터다.

그러므로 내가 깎이지 않는 건 수염이 덜 자라서가 아니라, 애초에 수염을 깎을 생각이 없기 때문이다!

'신체발부수지부모'라고 했던가? 누군지 몰라도 이 사람은 수염을 기르고 있다. 유대교의 랍비들은 수염을 기른다고 하던데, 혹시 난 랍비의 수염으로 태어난 걸까? 그랬으면 좋겠다.

많은 시간이 지났다. 이 양반은 단 한 번도 수염을 밀지 않았다.

이젠 확신한다. 내 수염의 주인은 랍비다. 아니라면 청학동 훈장이던가! 무엇이 됐든, 그는 절대 수염을 밀지 않는 이유가 있고, 난 온몸이 잘려나가는 고통을 느낄 일이 없다.

그럼 그렇지, 애초에 내 죄가 그렇게 클 리도 없지 않은가? 플라스틱 찌꺼기 좀 유기하고, 월급 좀 밀린 거로 이렇게 큰 형벌을 줄 리가 없다. 그러니까 저승에서도 편한 보직으로 형벌을 준거다.

정신적으로 힘들긴 하지만, 이대로 몇십 년만 버티면 다시 인간으로 환생할 수 있다. 아니, 운이 좋아 이 양반이 급사한다면 몇 년 만에도 가능하다. 랍비든 청학동 훈장이든, 제발 일찍 죽고, 죽을 때까지 수염을 밀지 않기를!

:
:

태평양을 항해하던 배가 천천히 속도를 줄였다. 갑판 위에 서서 망원경을 꺼내든 사람들에게 가이드가 말했다.

"자, 저기 보이는 저곳이 바로 쓰레기 섬, 플라스틱 아일랜드입니다."
"세상에 저게 다 쓰레기라니!"
"저게 한국 크기보다 몇 배는 더 크다잖아."

웅성거리는 사람들에게 가이드가 말했다.

"인류의 부끄러운 민낯입니다. 우리나라도 책임을 피해갈 수 없습니다. 망원경으로 잘 보시면 국산 제품들도 많이 있을 겁니다. 예전에 보근공장 사태 아시죠? 그 공장에서 특히 플라스틱 쓰레기를 불법으로 많이 버렸죠."

사람들은 망원경으로 한국어가 적힌 쓰레기를 찾으려 했다. 한 아이가 키득거리며 엄마에게 말했다.

"엄마, 저기 봐! 마네킹에 콧수염이 달려 있어. 되게 웃기다."

가이드는 말했다.

"저런 쓰레기가 자연 속에서 저절로 사라지려면 수백에서 수천 년의 시간이 걸립니다. 그러니까 우리 인간이 자연을 위해서 더 많은 신경을 써야만 합니다."

선을 쫓아

초등학교 때 운동장에서 사고로 정신을 잃었다가 깨어난 뒤부터 눈앞에 '선'이 보이기 시작했다.

그 선들은 레이저처럼 내 이마에서부터 뻗어 나와 어딘가로 향하고 있었다. 고개를 돌려도 선의 방향은 고정되어 있었는데, 의식하지 않으려 하면 잘 보이지 않을 정도로 얇고 희미한 선이었다. 아무리 눈을 깜박이고 비벼도 사라지지 않는 그 선은 어린 나에게 호기심을 일으켰다.

나는 몇 가닥의 선 중 파란색 선이 가리키는 방향으로 걸었다. 그 끝이 왠지 미끄럼틀을 향하는 듯했기 때문이다. 예상대로 선은 미끄럼틀 옆의 흙바닥을 가리키고 있었는데, 정확히 흙에 묻힌 500원짜리 동전을 가리키고 있었다. 그 동전을 주운 내 가슴은 두근거렸다. 이 선들은 혹시 보물을 찾게 해주는 것일까?

나는 다시 이마에서부터 뻗어 나오는 선에 집중했고, 또 하나의 파란 선을 쫓아 걸었다. 선은 직선이었기에 교문 밖 골목길을 좀 헤매야 했다. 그리고 도착한 선의 목적지에서, "아얏!" 개똥을 밟게 되었다. 쫓아가던 선이 사라진 걸 보면 분명 개똥을 가리키는 게 맞았다. 남은 선은 가장 얇고 희미했던 빨간 선 하나였고, 지쳤던 나는 그냥 집으로 향했다.

　그날 이후로 내 이마에는 많은 직선이 나타났다. 이 신기한 선에 대해서 이야기하면 그 누구도 믿어주질 않았고, 심지어 부모님은 병원에까지 데려가려고 했다. 결국 고등학교를 졸업할 즈음에는 누구에게도 선에 대한 이야기를 꺼내지 않게 되었다. 다행인 건, 신경 쓰지 않으면 무시하고 생활할 수 있을 정도로 거추장스럽지 않았다는 점이다. 만약 마음만 먹었다면 남들과 똑같이 살 수 있었을 것이다. 그러나 난 선이 너무 궁금했다.

　선은 파란색 선과 빨간색 선 두 가지였는데, 시간이 지나면 사라지는 선도 있었고 계속 유지되는 선도 있었다. 몇 번 선을 따라 걸어가면서 나는 이 선을 정의할 수 있었다. 이 선들은 무언가 '이벤트'가 일어나는 선이다. 동전을 줍는다거나, 넘어져서 다치게 된다거나, 친구를 만난다거나, 동네 거지에게 혼난다거나. 선을 쫓아 도착한 곳에선 반드시 무언가 '일'이 생겼다. 좋은 일일 때도 있지만, 나쁜 일일 때도 있다. 한동안 난 선의 원리를 파악하기 위해 애썼다. 색깔도 굵기도 미세하게 다른 그 선들 중에, 어떤 선을 쫓으면 좋은 일이 일어나는 건지 알아보고자 했다. 전혀 일관성이 없어서 알아내지 못했지만, 그 과정에서 뜻밖의 의문이 하나 생겼다.

"이 선은 도대체 어디까지 연결되어 있는 걸까?"

가장 처음부터 존재하던 희미한 빨간 선 하나의 정체는 도저히 알 수가 없었다. 서쪽이라는 건 알고 있었지만, 그 방향으로 아무리 가도 끝이 보이질 않았다. 나중에 수학여행으로 도시를 벗어났을 때도 닿지 않았던 걸 보면, 정말 먼 곳인 게 분명했다. 결국 이 선만은 어른이 될 때까지 보류하기로 했다.

그 외에도 거리가 먼 선이 많았지만, 멀다고 해서 더 특별한 일이 벌어지는 건 아니었다. 버스를 타고 30분간 선을 쫓아갔더니, 한물간 개그맨을 목격한 게 끝인 적도 있었다. 어떨 때는 시내까지 걸어갔다가 무서운 형을 만나 몇천 원을 뜯기기도 했다.

그럼에도 불구하고 나는 선을 쫓는 걸 멈출 수 없었는데, 무슨 일이든 반드시 일어난다는 점 때문이었다.

선의 종착지에 친구네 집이 나와서 마침 시킨 피자를 얻어먹은 일, 짐이 터져서 힘들어하는 노인을 도와준 일, 고양이의 출산 장면을 보게 된 일, 야구장에서 날아온 홈런볼을 주운 일, 이사간 친구를 만나서 반가웠던 일, 옷에 페인트가 묻은 일, 예정에 없던 수학 학원을 다니게 된 일, 담임 선생님의 아이를 돌봐줬던 일, 마음이 맞는 친구를 사귀게 된 일 등등. 반드시 무슨 일이든 일어난다는 건 끊을 수 없는 매력이었다. 나이를 먹으며 학교생활이 무료해질수록, 성인이 되어서 매일 같은 날이 반복될

선을 쫓아

수록 더욱 그랬다. 난 어느 정도 나쁜 일이 벌어지더라도 감수하고 선을 쫓으며 살았다.

선의 끝에서 일어난 일들은 내 인생에 많은 영향을 주었다.

중학교 때 빨간 선을 따라갔다가 구청에서 나눠주는 유방암 검진 전단을 받게 된 적이 있었다. 그 덕분에 엄마는 유방암 검사를 받았고, 병을 조기에 발견할 수 있었다. 만약 그때 선을 따라가지 않았다면 어떻게 되었을지, 상상만 해도 끔찍하다.

여름방학 때 파란 선을 따라갔다가 떨어진 간판에 맞아 팔에 금이 간 적도 있었다. 깁스를 하면서 다신 선을 쫓지 않기로 했지만, 시간이 지나자 언제 그랬냐는 듯 다시 선을 쫓아다녔다.

한번은 역 근처 골목까지 빨간 선을 쫓아갔다가 쓰러져 있는 노인을 발견했는데, 이미 무언가 일어날 거라고 생각하고 있었던 터라 당황하지 않고 심폐소생술로 노인을 살릴 수 있었다. 이 일로 난 지역 신문에 실렸고, 선순환이 이어져 고등학교 회장까지 할 수 있었다. 서울권 대학교에 입학하게 된 것도 이 일의 영향이 컸다.

졸업 후 선을 쫓아갔다 만난 회사에 무난하게 취업을 하게 된 일이나, 선을 쫓아가다가 억울하게 폭행에 휘말려 합의금을 뜯겨야 했던 일도 있다.

그리고 내가 정말로 선을 쫓길 잘했다고 생각하는 일이 하나 있다. 밤 산책을 나왔다가 습관처럼 빨간 선을 따라갔는데, 마치 드라마처럼 치한에게서 여자를 구해주는 일이 발생했다. 이 인연이 바로 지금의 여자친구다.

　이렇듯 내 삶은 선을 쫓기만 해도 저절로 흘러갔다. 그러다 문득, 어느 날 이런 생각이 들었다.

　'혹시 내 인생은 누군가에게 조종당하고 있는 걸까?'

　하지만 아니다. 선을 쫓고 말고는 내 마음이 아닌가? 만약 그런 초능력이 있었다면 강제로 날 조종하고 말지, 내 선택에 맡기진 않았을 것이다. 이 선은 사고로 각성한 내 초능력이었다. 나를 아는 사람들은 다 똑같이 평가했다.

　"너는 진짜 고민이 하나도 없어 보여서 부럽다. 결단력이 대단한 건지 뭔지, 네가 후회하는 걸 본 적이 없다."

　맞는 말이다. 선들은 초등학교 때부터 내 인생에 지대한 영향을 끼쳤고, 앞으로도 그럴 것이 분명했다. 다들 내 취미가 걷기인 줄 알지만, 내 인생의 유일한 취미는 선을 쫓아가는 것이다. 누군가는 매일 똑같이 반복되는 하루가 지루하다고 할 것이다. 매일 어떻게 사는 게 정답인지 고민하며 시간을 낭비할 것이다. 난 다르다. 선만 따라가도 내 인생은 신경 쓸 것 하나 없이 그럭저럭 즐겁고 편안했다.

　다만, 딱 하나 신경 쓰이는 게 있다면, 가장 오래된 빨간 선 하나다. 서쪽으로 뻗은 얇고 희미한 그 선. 이 선의 끝에는 어떤 일이 기다리고 있을까? 계속 궁금했지만, 알아낼 방법이 없었다. 중학교 때 우연히 인천에 갔다가 그 선이 바다 건너 해외로 뻗어 있다는 사실을 알게 되었기 때문이다. 아마 살면서 저 선을 확인할 일은 없지 않을까?

그렇게 포기하고 살던 나는 여자친구와 결혼하게 되면서 그 빨간 선이 생각났다. 신혼여행을 무조건 서쪽으로 가자!

그렇다면 서쪽 어디일까? 중국일까? 우즈베키스탄? 터키? 지도를 펼쳐놓고 고민하던 나는 여자친구와 상의 끝에 유럽으로 결정했다. 만약 한국과 유럽 사이가 목적지라면 도착했을 때 선이 동쪽을 향하게 되겠지.

결혼식 당일에도 내 머릿속은 솔직히 빨간 선에 대한 생각으로 가득했다. 도대체 뭘까? 선의 끝에 무엇이 기다리고 있을까? 수십 년이 지나도 그대로인 이벤트는 무언가를 줍는 일일 가능성이 컸다. 설마 보물이라도 발견하는 걸까?

두근거리는 마음으로 긴 비행을 끝내고 로마에 도착했을 때, 나는 환호했다.

"서쪽이다!"

선은 서쪽을 향하고 있었다. 나는 예정된 관광 일정이고 뭐고 서쪽으로 선을 쫓아가고 싶었다. 하지만 신혼여행에서 아내를 두고 그럴 순 없었고, 어쩔 수 없이 관광지를 돌았다. 콜로세움, 판테온, 트레비 분수, 나보나 광장, 뭐가 됐든 눈에 들어오지 않았다. 내 신경은 온통 빨간 선에만 쏠려 있었다.

　다음 날 일정으로 피렌체에 도착했을 땐 욕망이 더 폭발했다. 선의 각도가 급격하게 바뀌었기 때문이다. 그것은 내 경험상 거리가 멀지 않다는 것이었고, 높은 확률로 선의 끝은 사르데냐 섬이었다. 난 당장 바다를 건너고 싶은 마음이 굴뚝같았지만, 쉽지 않았다. 다음 일정은 베네치아였다. 하지만 지금이 아니면 내 인생에 기회가 언제 올까? 오기는 할까?

　심각하게 고민하던 나는 그날 밤, 아내에게 부탁했다.

　"우리 내일 사르데냐 섬에 가는 거 어때?"

　"뭐? 갑자기? 왜?"

　"거기도 볼거리가 많을 것 같아서."

　"뭐 볼 게 있다고! 미리 일정 다 짜놓은 거 몰라? 내일 베네치아로 출발해야 해. 안 돼."

　"정 그러면… 나 혼자만이라도 갔다 올게."

　"뭐? 미쳤어?"

　아내는 길길이 날뛰며 허락하지 않았지만, 나는 포기할 수 없었다. 지금이 아니면 언제 기회가 올지 알 수가 없었다.

　"하루만 각자 다니자. 응? 딱 하루만."

　"아, 뭐 때문에! 왜 그래, 진짜!"

끝내 나는 고집을 꺾지 않았다. 결혼 후 첫 싸움이었다. 아내에게는 미안했지만, 나는 사르데냐로 가는 배편을 예약했다. 아내는 돌아누워 한마디도 하지 않았지만, 나는 밤새 잠이 잘 안올 정도로 두근거렸다. 그러나 다음 날 아침, 아내가 교통사고를 당하고 말았다.

다행히 심각한 부상은 아니었지만, 나는 차마 아내의 곁을 벗어날 수 없었다. 빨간 선의 끝을 확인하지 못한 아쉬움 끝에 한국으로 돌아와야만 했다. 그래도 목적지가 정해졌으니, 언젠가는 반드시 그 끝을 보겠다고 다짐했다. 하지만 그것은 쉬운 일이 아니었다.

삶은 너무 바쁘다. 먹고살려면 일을 해야 했고, 아이들은 태어났고, 아이들이 자라는 것과 반비례해서 내 여유는 사라졌다. 그나마 빨간 선과 파란 선을 쫓아다녔기에 적당하고 무난한 인생을 살 수 있었다.

그렇게 살다 보니 어느새 승진을 하고, 이직도 하고, 정년을 맞이할 나이가 왔다. 은퇴를 앞두고 가장 먼저 계획한 건 유럽여행이었다. 시력이 나빠지면서 빨간 선이 잘 보이지 않았기에, 여기서 더 나빠지기 전에 무조건 해야만 했다. 누가 뭐라고 해도 절대 다른 계획 따위 필요하지 않았다. 가족들의 반대에도 나는 혼자 사르데냐 섬으로 향했다.

사르데냐 섬에 도착하자마자 나는 빨간 선을 쫓아 걸었고, 이틀 만에 그 선이 가리키는 산을 찾았다. 정확히 어느 땅을 가리킨 선을 따라 그곳을 파헤치던 나는 순간, 바닥이 무너지며 추락하고 말았다.

깊은 낭떠러지 바닥에 내팽개쳐진 내가 의식을 잃기 전 마지막으로 본 것은 금속으로 된 커다란 기계였다. 알을 세워둔 듯한 모양의, 안테나가 달린 이상한 기계…

．
．
．

[게임 오버네.]

스크린을 바라보던 한 존재가 화면을 껐다. 빨간 눈과 파란 눈, 그리고 양팔이 없는 외계인이.

옳은가?

악마는 예배시간에 나타났다.

'부정한 사탄아 물러가라!'를 외쳐대는 목사의 옆에서 악마는
물었다.

[그럼 너희는 옳은가?]

십자가를 내밀고 대치한 목사는 자신 있게 대답했다.

"그렇다. 이 사탄아!"

악마는 다시 물었다.

[나는 곧 죽을 자를 666명이나 알고 있다. 네가 그들 중 하나라도

구하겠느냐?]

"뭐, 뭐라고?"

목사가 당황할 때, 악마는 손가락을 뻗어 교인 한 명을 가리켰다.

[저 여인의 아들은 사고로 두 다리를 잃었다. 그 아들은 우울증을 견디지 못하고 곧 자살할 운명이다.]

"네? 뭐라고요?"

지목당한 중년 여인이 깜짝 놀라 소리 질렀다. 그녀의 아들은 실제로 얼마 전 사고로 두 다리를 잃은 상황이었다. 목사도 그 사정을 익히 알고 있었는지 놀란 얼굴이었는데, 악마가 그에게 제안했다.

[만약 네가 그 아이에게 266일간만 두 다리를 빌려준다면, 그 아이는 우울증을 극복하고 살 수 있다. 그렇게 할 수 있겠느냐?]

목사의 두 눈이 흔들리고, 여인의 얼굴이 자동으로 목사에게로 향했다.

"무슨…"

고민하는 듯했지만, 목사는 실로 선한 사람이었는지, 크게 외쳤다.

"하, 할 수 있다! 이 악마야!"

악마의 표정이 변했다. 인간과 다른 그 모습이 어떤 감정인지는 알 수 없었다. 곧 악마는 고개를 끄덕였다.

[그리하라.]

그 말을 끝으로, 악마는 나타났을 때처럼 순식간에 사라졌다. 모든 사람들의 눈이 당황으로 물들 때, 한 가지 소리가 울렸다.

쿠당탕!

목사가 무대 위로 넘어지는 소리였다. 목사는 덜덜 떨리는 손으로 자신의 양다리를 어루만졌다.

"가, 감각이 느껴지지 않아!"

교인들의 놀란 얼굴이 목사에게로 향했다.

　　　　　·
　　　　·
　　　　　·

　처음, 교인들은 겁에 질렸다. 정말 사탄이 존재하다니!

　다음, 교인들은 신기해했다. 두 다리를 잃었던 아이가 멀쩡히 걸어 다니다니!

　마지막으로, 교인들은 칭송했다. 우리 목사님은 정말 훌륭하시다!

　중년 여인은 거의 매일 같이 찾아와 목사에게 눈물로 감사 인사를 드렸다. 졸지에 휠체어 신세를 지게 된 목사였지만, 이왕 벌어진 일에 후회는 없었다. 어차피 악마의 말이 사실이라면 1년도 안 되는 시간 동안만 다리를 빌려주는 것이었고, 그걸로 한 사람의 목숨을 구할 수 있다면 몇 번을 생각해도 실행했어야 할 일이다. 그것이 그가 배운 종교의 가르침이었다.

　인간을 시험에 들게 하려는 악마에게 맞선 성자! 그것이 그의 현재 위치였다. 안 그래도 따르는 교인이 많았던 목사는 더욱더 많은 교인들의 존경을 받게 되었다. 휠체어를 타고 단상에 오르는 그의 설교 말씀은 자리가 모자랄 정도로 인기였다.

　한데, 악마는 또다시 예배 시간에 나타났다.

　[너희는 정말 옳은가?]

　목사는 깜짝 놀랐지만, 이번엔 좀 더 빠르게 대답할 수 있었다.

　　　　　　　　　　　　　　　　　　　　　옳은가?

"그렇다, 이 마귀야!"

마치 예정된 것처럼, 악마는 손가락을 뻗어 한 교인을 가리켰다.

[저 화가는 사고로 두 눈의 시력을 잃었다. 그 우울증을 견디지 못하고 곧 자살할 운명이다.]
"뭐?"

목사의 두 눈이 흔들렸다. 지목당했던 사내가 떨리는 몸을 일으키는 게 보였다.

"저, 저 말입니까? 제 얘기를 하는 것입니까!"

어떤 열망이 담긴 그 목소리는 목사의 무의식에 부담으로 다가왔다. 아니나 다를까,

[네가 그에게 266일간만 두 눈을 빌려준다면, 그는 지난 10년간 그려온 벽화를 완성하며 우울증을 극복할 것이다. 그렇게 할 수 있겠느냐?]
"아…"

모든 교인의 눈이 목사에게로 집중됐다. 목사의 두 눈은 사정 없이 흔들렸지만, 그가 대답할 수 있는 말은 한 가지뿐이었다.

"할 수 있다!"

악마는 고개를 끄덕였다.

[그리하라.]

악마는 순식간에 사라졌고, 목사의 두 눈은 초점을 잃어갔다. 그 광경에 모두가 숨죽인 그 순간, 환희에 찬 외침이 예배실에 울려 퍼졌다.

"보, 보인다! 앞이 보인다!"

$$\vdots$$

목사에 대한 칭송이 하늘을 찔렀다. 화가는 눈물로 감사드리며, 목숨 바쳐 벽화를 완성하겠다 약속했다. 교회의 교인들은 물론이요, 전국의 명망 있는 종교인과 일반인들까지 목사를 찬양했다. 그렇게 수많은 사람에게 떠받들어졌지만 그는,

"…"

너무 불편했다. 그의 두 다리는 감각이 없어 걷지를 못했고, 두 눈은 앞을 보질 못했다. 보살펴주는 이 없이는 무엇도 할 수 없었다. 속수무책으로 바지에 오줌을 지린 날, 그의 마음에 처음으로 어떤 싹이 텄다.

후회. 불만. 원망.

그도 사람이었던지라 어쩔 수 없었다. 평소 좋아하던 운동도 할 수 없었고, 책도 볼 수 없었다. 화장실에서는 수치스러웠고, 야외에서는 두려웠다. 사회생활에서의 역할도 주도적이지 못하게 되었고, 취미 여가는 사라졌다. 정말, 모든 것이 끔찍했다. 그럼에도 불구하고 찬양받아 마땅한 그는, 훌륭하게 참았다. 다 사람의 목숨을 구하는 일이다, 영원히는 아니다, 조금만 참으면 된다, 오직 그 생각으로 버텼다.

다시 악마가 나타나기 전까지는 말이다.

[너희는 언제나 옳은가?]

"으…"

악마의 목소리만으로도 목사는 떨었다. 이번엔 무엇일까? 귀를 먹게 되는가? 말을 못하게 되는가? 팔을 잃는가?

온몸이 부들부들 떨렸지만, 수많은 교인이 모인 예배실이었다. 목사는 당차게 외쳤다.

"그렇다!"

악마는 다시 손가락을 뻗어 교인을 가리켰다. 한데, 이번에 가리킨 교인의 사연은 목사의 예상을 웃도는 것이었다.

[저 여인은 오늘, 사람을 죽일 예정이다.]

여인의 얼굴이 새파랗게 질렸고, 깜짝 놀란 사람들의 시선이 몰렸다.

[그녀는 10년째 전신 마비의 남편을 보살펴왔지만, 더는 견딜 수 없을 만큼 지쳤다.]
"저, 전신 마비?"

목사의 얼굴에 불안감이 스쳤다.

[네가 266일간만 그에게 신체를 빌려준다면, 부부는 좋은 추억을 쌓을 수 있을 것이고, 아내는 남편을 포기하지 않을 것이다. 그렇게 할 수 있겠느냐?]

목사의 얼굴이 멍해졌다. 수많은 사람의 시선이 오직 그의 대답을 기다렸다. 한데, 이번에는 달랐다.

옳은가?

"새, 생각할 시간을 좀!"

　많은 이들이 탄식했지만, 목사를 이해했다. 전신 마비라지 않
는가? 그도 인간인데, 그렇게 쉽게 결정을 내릴 수 있겠는가?
　오히려 사람들은, 남편을 죽이려는 여인에게 관심을 돌렸다.
한데 그녀는, 사람들의 시선을 받고도 당당했다.

　"지난 10년간 저는 할 만큼 다 했다고요! 아무도 저를 이해하
지 못해요! 그 세월이 쉬웠는지 아세요? 매일 같이 똥오줌 다 받
아내고, 온종일 일해도 빚은 늘어만 가고, 중노동하고 집에 돌아
와선 잠잘 시간도 없이 밥 먹이고 씻기고… 더는, 더는 못해요!"

　어느새 눈물을 흘리며 소리치는 그녀를 욕할 수 있는 사람은
없었다. 사람들의 시선은 어쩔 수 없이 목사에게로 돌아갔다. 목
사의 얼굴은 마구잡이로 일그러져 있었다. 그는 괴로웠다.
　이번에도 자신이 희생해야 하는가? 전신 마비 환자를 대신하
여 그의 생명을 구해야 하는가? 왜? 왜 자신이? 그녀가 살인을
멈추면 되는 일 아닌가? 안 된다고? 그럼 어쩌라고? 그게 자신
의 잘못인가? 그런다고 상황이 바뀌는가? 어차피 그는 다시 전
신 마비가 될 것 아닌가! 다리와 눈만으로도 이렇게 괴로운데,
전신 마비라니! 이게 마지막일까? 266일이 지나면? 그때부터
또 다른 희생이 찾아오지 않을까?
　목사는 고뇌했다. 그 표정은 누군가의 외침을 불러일으켰다.

"목사님은 거부할 수 있습니다!"

누군가는 매우 단호한 어투로 외쳤다.

"누구도 목사님에게 그것을 강요할 수 없습니다! 여기에 있는 그 누구에게든 물어보십시오! 자기라면 할 수 있는지!"

"…"

"자기 자신을 위해서 남을 구하지 않는 것은, 결코 죄가 될 수 없습니다! 그렇지 않습니까?"

그의 말을 시작으로, 많은 이들이 소리쳤다.

"맞아 맞아! 목사님! 목사님이 어떤 선택을 하셔도, 저희는 절대 목사님을 욕하지 않아요! 눈치 보지 마세요!"

"나라도 못 해! 자기 자신이 가장 소중한 건 당연한 거야! 희생을 강요해선 안 돼!"

"암, 그렇구 말구! 나도 못하는 희생을 목사님에게 강요할 순 없다구! 전신 마비가 웬 말이야? 목사님 없이 여기가 어떻게 돌아가겠어!"

"생명을 구하는 건 중요한 일이지! 하지만! 강제로 누군가에게 대신 희생을 강요하는 건 절대 옳지 못한 일이야!"

옳은가?

이곳의 모두가 그 말들에 동의했다. 실로 당연하고 옳은 말들이었다.

"…"

목사의 얼굴이 격동했다. 머릿속으로 교인들의 말을 되뇌며 솔직한 자신의 진심을 물었다. 정말로 자신이 원하는 게 무엇인가?

끝내, 목사는 송구한 얼굴로 입을 열었다.

"저는… 그럴 수 없습니다. 전신 마비는 자신 없습니다. 죄송합니다. 저는 못 합니다…"

목사는 죄송하다 하였지만, 교인들은 괜찮다고 소리 질렀다. 그게 당연한 일이라고, 누구라도 그랬을 거라 위로했다.

[너 자신의 결정을 존중한다.]

악마는 목사를 향해 손을 내저었다. 그러자,

"아? 아아!"

목사의 두 눈에 초점이 돌아왔다. 두 다리에 감각이 돌아와 일어나게 되었다. 그의 얼굴이 순식간에 환희에 차올랐다. 이렇게나, 이렇게나 좋다니! 걸을 수 있고 볼 수 있다는 것이 이렇게나 좋다니!

격정으로 떠는 목사에게 악마가 말했다.

[누구도 남에게 희생을 강요할 순 없다. 그것이 다른 생명을 살리는 일일지라도 말이다.]

목사는 감히 그 말이 옳지 않다 할 수 없었다. 비록 악마의 말이지만, 그가 몸소 체험해보니 그랬다.

악마는 고개를 끄덕였다.

[인정한다. 너희는 옳구나.]

그 말을 남기며 악마는 사라졌다. 거짓말처럼 깔끔하게 사라졌다.

사람들은 당황했다. 이렇게 끝이라고?

시간이 더 흐르자, 사람들은 안도했다. 아무 일이 없구나! 모두 끝났구나! 우리가 옳아서 악마를 물리쳤구나!

"오오오오!"

환호하는 교인들 틈에서, 목사는 침묵했다.

도대체, 악마의 목적은 무엇이었는가?

.
.
.

목사는 굳은 얼굴로 교인들을 바라보았다. 행사 준비로 바쁜
그들을 멍하니 바라보았다.

이것이었구나! 바로 이것이었구나!

교인들은 분주히 집회 스케줄을 점검하고, 전단지를 준비하
고, 피켓 문구를 그려 넣고 있었다.

[낙태를 중지하라! 낙태는 살인이다!]

“요즘 사람들은 정말, 낙태도 살인이라는 것을 전혀 몰라요!
절대 용서받지 못할 죄인데 말이야!”
“아무리 사정이 안 된다고 해도, 낙태는 안 되지! 일단은 낳고
입양을 보내도 되는데 말이야! 눈 딱 감고 9개월만 고생하면, 소
중한 생명 하나를 구하는 것인데… 쯧!”
“자기만 생각해서 그 소중한 생명을 죽이다니, 어떻게 그렇게
이기적일 수가 있어? 안 그래요, 목사님?”

"……"

그 질문에, 목사는 고개를 끄덕이지 못했다. 그저, 속으로 되물었다.

옳은가?

평생 금연하지 않는 이유

대학생 김남우는 '금연 클리닉'이란 간판을 보자마자 무작정 들어갔다.

왜 후미진 곳에 이런 가게가 있을까 하는 생각도 못했다. 여자친구 홍혜화에게 최후통첩을 받았기 때문이다.

문을 열고 들어간 금연 클리닉 사무실에는, 정중앙에 책상을 두고 앉은 양복 사내가 홀로 있었다.

"어서 오세요. 반갑습니다. 이쪽으로 앉으시죠."

김남우가 맞은편에 앉자마자, 사내가 다짜고짜 말했다.

"금연을 확실하게 결심하셨나요? 한 번 결심하시면 다신 되돌릴 수 없습니다."

"아…"

굳은 얼굴로 고개를 끄덕인 김남우는, 오히려 되물었다.

"그런데 제가 몇 번이나 금연을 시도했었지만, 언제나 의지가
약해서 실패했습니다. 이번에는 가능할까요?"
"그건 고객님의 의지에 달려 있죠."
"아… 예."

김남우의 얼굴에 노골적인 실망감이 드러났다. 사내는 웃으
며 뒷말을 덧붙였다.

"다만, 여태껏 하셨던 그 어떤 금연 방법보다 강력하리란 건
보장해드리겠습니다. 그럼, 시작하겠습니다. 핸드폰 좀 주시겠
습니까?"

김남우는 왜 핸드폰을 달라고 하는지 몰랐지만, 일단 건네주
었다. 사내는 핸드폰을 한 손에 들더니 바로 말했다.

"연락처에 지금 서른두 명 있네요. 최근 정리를 한 번 하셨군
요?"
"예?"

평생 금연하지 않는 이유

김남우가 눈을 끔뻑일 때, 한 손으로 핸드폰을 가볍게 흔들던 사내가 다른 손으로 손가락을 딱 튕겼다.

　"이제 됐습니다."

　사내가 김남우에게 핸드폰을 다시 돌려주었다. 이게 뭔가 싶은 김남우가 바라보자, 사내가 웃으며 주머니를 가리켰다.

　"지금 담배 가지고 계시죠? 한 개비 꺼내보세요."

　사내가 시키는 대로 담배를 꺼낸 김남우는 깜짝 놀랐다.

　"엇!"

　담배 옆면에 010으로 시작하는 전화번호가 하나 새겨져 있는 게 아닌가?

　"이제 고객님이 그 담배를 태우면, 그 전화번호의 주인이 다칩니다."
　"네? 뭐라고요?"
　"고객님의 핸드폰 주소록에서 나온 전화번호입니다. 그 담배를 태우는 순간, 그 주인이 다치게 된다는 말씀이죠."
　"무슨…"

황당한 김남우의 반응에, 사내가 웃으며 말했다.

　"제 말이 거짓말 같다면 그 전화번호가 누구 것인지 확인해보
시죠."

　급히 주소록을 검색해본 김남우의 두 눈이 흔들렸다. 진짜 내
주소록에 저장된 전화번호였다.
　사내가 손가락으로 핸드폰을 가리키며 말했다.

　"앞으로 고객님이 담배를 살 때마다 랜덤으로 전화번호가 적
히게 될 겁니다. 아니면 누군가에게 얻어 피더라도 그 즉시 전화
번호가 적히겠죠."
　"무슨 그런 말도 안 되는…"

　김남우가 믿든 말든, 사내는 설명을 이어갔다.

　"그 담배를 태우면 전화번호의 주인이 다치게 됩니다. 고객님
때문에 그 사람은 죄 없이 다치는 거죠. 그런데도 과연 금연을
안 하실 수 있을까요?"
　"아니, 뭐 이런 미친…"
　"물론, 크게 다치는 건 아닙니다. 지금 적용한 건 두 가지 옵션
중 약한 것이니까요. 하지만 만약 고객님께서 원하신다면…"

　　　　　　　　　　　　　　　　　　평생 금연하지 않는 이유

눈을 가늘게 한 사내가 서늘하게 속삭였다.

"강한 옵션으로 바꿔드릴 수도 있습니다. 전화번호가 적힌 담배를 피우면, 상대방이 목숨을 잃게 되도록 말입니다. 그렇게 바꿔드릴까요?"

"말도 안 돼!"

"하하하!"

사정없이 흔들리는 김남우의 두 눈을 마주하며, 사내가 마지막으로 말했다.

"이제부터 금연은 고객님의 의지에 달려 있습니다."

.
.
.

편의점을 나서는 김남우의 얼굴이 처참하게 일그러졌다. 아까 금연 클리닉에서 몇 번이나 확인하고 나온 뒤, 들고 있던 담배는 찝찝해서 다 버려버렸다. 하지만 지금 새로 산 담배에까지 전화번호가 찍혀 있으면, 조작이고 뭐고 사내의 말을 믿을 수밖에 없다.

"이건 엄마 번호, 이건 아빠 번호에, 이건 친구 번호."

김남우는 속이 타서 담배가 더 당겼다. 하지만 새로 산 담배도 버릴 수밖에 없었다. 담배를 태우면 이들이 다친다지 않는가?

심각한 표정으로 다시 금연 클리닉에 돌아가보려던 김남우는 멈칫, 여자친구의 마지막 경고가 떠올랐다.

[오빠는 그렇게 의지가 없어? 왜 그렇게 한심해? 이번에도 금연 못하면 진짜 끝이야.]

이를 악문 김남우는 돌아섰다. 번호로 누군가 다칠까 걱정되면 안 피우면 된다. 오히려 잘됐다. 이번엔 정말로 금연에 성공할 수 있을 것만 같았다.

⋮
⋮

"미치겠네, 진짜. 아, 진짜!"

지난 보름간 김남우는 금단증상에 미쳐버릴 것만 같았다. 담배 생각에 아무것도 손에 잡히지 않았다. 며칠 전엔 더 참지 못하고 금연 클리닉을 찾아갔지만, 문이 잠겨 있었다. 오늘은 또, 주소록에 주인 없는 번호를 수십 개 추가해봤지만, 처음에 저장되어 있던 32개 번호만이 유효했다.

돌파구를 찾지 못한 김남우는 결국, 이런 상황까지 와버렸다.

"얼마나 다친다는 거지? 많이 다치는 건 아니라고 하지 않았나? 시험 삼아 한 대만 피워볼까?"

김남우는 전화번호가 적힌 담배 한 개비를 들고 심각하게 갈등했다. 고등학교 때 친하다가 대학교 올라와서 연락이 뜸해진 친구 정재준의 번호였다.

"에이 씨, 최소한 증상은 알아야 할 것 아니야? 어쩌면 다 거짓말일지도 모르잖아!"

자기합리화를 하던 김남우가 충동적으로 담배에 불을 지폈다. 보름 만에 깊게 한 모금 빠는 순간, 눈앞이 핑 도는 아찔한 쾌감이 밀려왔다.

"하아아…"

한데, 갈증이 해소되자 곧바로 불안해졌다. 담배가 타들어가는 만큼 속도 같이 탔다. 인상을 찌푸리며 한 대를 다 태운 김남우는, 얼른 정재준에게 전화를 걸었다. 이미 머릿속으로 할 말을 생각해둔 뒤였다.

"어, 재준아. 오랜만이다."

[웬일이야? 요즘 잘 지내고?]

"다름이 아니라 실은… 내가 어제 꿈에서 네가 나왔는데 말이야. 크게 다치는 꿈을 꿨거든? 혹시나 불안해서 전화해봤어."

[뭐야? 무슨 꿈?]

"어어, 그냥."

김남우는 몸조심하라는 말로 전화를 끊었다. 뒤늦게 죄책감이 밀려왔지만, 별일은 없을 거라 애써 위로했다. 그리고 다음 날 확인 전화를 다시 걸었다.

"어, 재준아. 너 혹시 뭐 어디 다치거나 한 거 아니지?"

[음? 글쎄. 아! 맞아, 어제 네 전화 받고 나서 빵 먹다가 입술 안쪽 씹어서 헐었는데, 그건가?]

"뭐? 정말? 입술 씹었다고?"

김남우의 표정이 환해졌다. 고작 그 정도 다치는 거라면야!

"아, 내 꿈이 그거였나보다! 하하하."

[별 희한한 꿈을 꾸고 그러냐, 참 나. 그건 그렇고 우리 오랜만에 얼굴 한번 봐야지? 애들 모아서…]

시시콜콜한 이야기를 하다가 통화를 끝낸 김남우는, 얼른 주머니에서 담뱃갑을 꺼냈다. 하나하나 번호를 살피다가, 교수님의 전화번호가 적힌 한 개비를 입에 물었다.

"딱히 학점 때문에 원한이 있는 건 아니고요."

그는 담배에 불을 붙여 스읍 들이마시며 눈으로 웃었다.

"아, 이 맛이야."

:
:

"역시 오빠 못 끊을 줄 알았어."
"혜화야! 그게 아니라, 내 말 좀 들어봐! 네 친구가 봤다는 모
습은 내가 아니라 그러니까…"

홍혜화는 차가운 얼굴로 김남우의 변명을 끊었다.

"아니야. 됐어 우린 이제 끝이야. 담배 피는 거 이해해주는 다
른 좋은 사람 만나길 바랄게."
"혜, 혜화야!"

김남우는 떠나가는 홍혜화를 차마 붙잡을 수 없었다. 모든 게
자기 잘못인데 어쩌겠는가? 숨길 수 있다고 생각한 자신이 어리
석었다. 마구잡이로 머리를 헝클던 김남우는 신경질적으로 품

에서 담배를 꺼냈다. 아무거나 한 개비를 빼서 물려던 순간,

"…"

담배에 적힌 번호가 홍혜화의 번호란 사실을 알게 되었다. 복잡한 눈으로 담배를 내려다보던 김남우는 손에 든 담배를 모조리 구겨버렸다.

"내가 진짜 기필코 끊고 만다! 기필코 끊어서 혜화 너를 되찾을 거야!"

김남우의 눈이 결의로 불타올랐다. 다만, 그 결의는 채 하루를 넘기지 못했다.

"뭐? 금연이랑 상관없다고? 혜화가 뭘 어쨌다고?"
"이제 와서 하는 말이긴 한데, 소문이 말이야…"

친구가 전해준 소식은 김남우를 부들부들 떨게 했다.
홍혜화가 지금, 과에서 잘나가는 한 선배와 데이트하는 중이란 말이었다. 이미 자신과 사귀던 와중에도 그 선배와 양다리, 최소한 썸은 타고 있었다는 게 공공연한 소문이었다고 한다. 그러니까, 김남우가 금연하지 않으면 헤어지자고 했던 건 명분을 만들기 위한 핑계였단 말이다.

평생 금연하지 않는 이유

"어휴, 걔가 양다리였다는 증거도 없고, 어제 너희 공식적으로 헤어졌다면서? 어쩌겠냐. 남우야, 그냥 다 잊고 술이나 먹자. 네 심정이 어떨지는 알겠는데, 뭘 어쩌겠냐?"

김남우는 그럴 수 없었다. 도저히 끓어오르는 분노를 참을 수가 없었다. 그가 정말로 화가 나는 건, 그 선배가 흡연자라는 사실이었다.

"홍…혜화!"

이를 가는 김남우의 눈빛이 분노에 타올랐다.

$$\vdots$$

김남우는 3일 만에 드디어, 가게 문을 연 '금연 클리닉' 안으로 들어설 수 있었다. 딱딱하게 굳은 김남우의 얼굴을 보자마자, 사내가 씩 웃었다.

"어서 오세요. 보아하니 계약을 변경하러 찾아오셨군요?"

말없이 고개를 끄덕이는 김남우의 눈빛이 차갑게 가라앉았다.

．
．
．

딸칵!

지포라이터로 불을 붙이자마자 담배 끝이 매섭게 타들어갔다.

"후…"

길게 내뿜은 연기가 돌아가는 통풍기로 빨려 들어갔다. 김남우는 다시, 두 모금째를 길게 빨아들였다. 다시 내뿜은 연기가 흩어질 때, 김남우의 등 뒤에서 친구가 다가왔다.

"남우야, 홍혜화 소식 들었냐?"
"…"

딱딱하게 굳은 김남우의 표정을 본 친구가, 본인의 담배에도 불을 붙이며 말했다.

"왜, 대학 때 너 뒤통수 친 홍혜화 있잖아."
"…"
"이번에 걔 결국 그 부자 선배랑 결혼한단다. 어휴, 나쁜 년…"
"관심 없다."

평생 금연하지 않는 이유

김남우는 무덤덤한 얼굴로 담배만 흡입했다. 친구는 김남우를 바라보며 고개를 끄덕였다.

"그래, 너랑 상관없지. 근데 너 진짜 대단하다. 너 대학 때도 화 한번 안 냈었지? 나 같으면 절대 용서 못 할 것 같은데, 참 대단하다."

김남우는 그냥 피식 웃었다. 그때, 그의 핸드폰이 울렸다. 액정에 뜬 전화번호를 확인한 김남우가 말했다.

"사장님이네. 무슨 일이시지?"

옆에서 지켜보던 친구가 혀를 찼다.

"야, 넌 무슨 사장님 번호도 저장 안 했냐? 허이구, 너도 참 희한하다. 왜 주소록에 번호를 저장 안 하는 거야? 저번에 보니까 주소록에 저장된 번호가 딱 하나뿐이던데, 왜 그러는 거냐?"

전화 받기 위해 자리를 피하던 김남우가 웃으며 말했다.

"그냥 다 통일하고 싶어서. 그게 내가 금연하지 않는 이유지."

동정받고 싶은 남자

정재준은 컴퓨터 앞에 앉아 자살하는 법을 검색했다. 은밀하게 숨어 있는 자살사이트도 찾아다녔다. 진짜 자살하고 싶어서는 아니었다. 단지 동정받고 싶었을 뿐이다. 자살 소동으로 사람들의 동정을 받고 싶었다. 불쌍하게 여겨지고 싶었다. 어려서부터 그는 그랬다. 사람들이 자신을 주목해주고 신경 써줘야만 했다. 학교에서 누군가 손가락을 다치면, 자신은 더 크게 다쳐서 대우받아야만 하는 인간이었다.

지금 회사에서도 그랬다. 누가 묻지도 않은 불우한 가정사를 계속 털어놓는가 하면, 가장 친한 친구의 죽음까지도 불쌍해 보이는 데 이용하였다. 그때는 거의 한 달간 모두가 그를 신경 써줬다.

한데, 얼마 전 그는 회사에서 너무 큰 사고를 치고 말았다. 정재준은 자신을 탓하는 분위기를 견딜 수 없었다. 작년에 죽었던 친구가 차라리 지금 죽었다면 더 좋겠단 생각을 할 정도였다. 그래서 그는 지금 이렇게, 자살 소동이라도 일으켜서 사람들에게 동정을 받아보려고 하는 중이었다. 물론, 막연한 생각이었을 뿐, 자살을 실행하는 건 무서웠다. 그저 누군가 그의 검색 기록을 발견하고 걱정해주는 정도를 기대했다.

그때, 특이한 게시물 하나가 그의 눈에 들어왔다.

[진짜 간단하고 고통 없이 자살할 수 있는 곳. 한국에선 쉽게 볼 수 없는 방식.]

조회수가 별로 없고 오래된 게시물이었다. 정재준은 호기심에 클릭을 해봤다. 글의 내용은 제목 그대로였다.

"이 이야기 진짜야? 보근공원이라고?"

마침 멀지 않은 곳이었기에, 정재준은 한 번 가서 확인해보기로 마음먹었다.

:
:

"세상에! 진짜 있잖아?"

공원에 도착한 정재준은 놀란 얼굴로 바닥을 보았다. 그곳에는 붉은 반점이 2개 칠해져 있었는데, 두 발을 그 위치에 올리고 서면 딱 맞을 것 같은 모양새였다. 글에서 본 그 용도에도 맞는 것 같고 말이다.

고개를 두리번거리던 정재준은, 근처에서 가장 높은 건물에 시선을 고정했다.

"그럼 설마 저기에도 진짜로?"

침을 꿀꺽 삼킨 정재준이 건물로 향했다.

．
．
．

끼이익-

옥상 문은 열려 있었다. 정재준은 주변을 두리번거리다 동서 남북을 확인하고는 아까 보았던 반점이 있는 공원 쪽으로 다가 갔다. 사람들이 거의 다니지 않은 듯 옥상에는 잡동사니들이 난 잡하게 어질러져 있었다. 특히 난간 쪽에 폐자재들이 많이 쌓여 있었다. 보통 사람이라면 그쪽으로 갈 일은 없어 보였지만, 분명 한 목적이 있었던 정재준은 자재들 사이 틈을 비집고 통과했다.

"세상에!"

동정받고 싶은 남자

바로 그 '거룩한 장치'를 발견한 정재준의 눈이 휘둥그레졌다. 자살 게시글에서 봤던 설명과 완벽하게 똑같았다.

"진짜 총이잖아!"

기다란 총 하나가 벽에 박혀 있었다. 옥상 벽 안쪽으로 총 손잡이가 튀어나와 있었고, 총신이 벽을 통과하여, 벽 밖으로 총구가 조금 삐져나와 있었다. 처음 건물을 지을 때부터 이렇게 만들지 않는 이상은 불가능한 모양새였다.

정재준은 조심스럽게 총을 만졌다. 총알이 장전되어 있어서 방아쇠만 당기면 바로 나가는 상태였다. 중요한 건 총신이 벽에 고정되어 있어서 무조건 같은 곳으로만 발사된다는 점이었는데, 바로 공원의 그 붉은 반점 위쪽이다. 정재준이 보았던 게시물의 내용 그대로 말이다.

[그 거룩한 장치를 설치한 분은, 자살하는 사람들이 좀 더 쉽게 죽을 수 있도록 배려한 겁니다. 일요일 밤 12시. 붉은 반점 위에 두 발을 맞춰 서서 기다리면, 그분이 옥상에서 총을 쏴드립니다. 발사된 총알은 당신의 머리를 관통하여, 바로 뒤쪽의 호수로 사라집니다. 당신은 고통을 느낄 새도 없이 순식간에 죽을 수 있습니다. 다만, 키 150cm 이하는 총알이 머리 위를 통과할 겁니다. 어린아이의 자살은 허용하지 않는 그분의 마음 씀씀이가 들어간 부분입니다. 키가 작은 사람은 키 높이로 위치를 맞춰야 합니다.]

"미친! 도대체 이게 왜 거룩한 장치야?"

정재준은 이렇게 희한한 장치를 고안해낸 사람이 누군지 궁금했다. 솔직히 미친 사람 같았지만, 한편으론 이런 상상력과 결과물이 대단하다고 생각했다. 굉장한 걸 알았다는 기분이 들었다.

방아쇠에 손가락을 걸어본 정재준은 쏴보려다가 관뒀다. 그러기엔 가슴이 뛰었다. 괜히 지나가던 누군가 맞기라도 하면 어쩐단 말인가? 그러고 보면, 살인으로도 사용할 수 있는 아이템 같았다.

"…"

정재준은 주변을 두리번거리며 생각했다. 일요일 밤에 찾아오면 그 사람을 만날 수 있을까? 오래된 게시물이었는데, 아직도 활동할까? 혹시 여기 건물주인가?

[만약 일요일까지 기다리지 못하실 상황이라면, 도와줄 사람을 구해서 총을 사용해도 괜찮습니다. 그걸 위해서 항상 총알 한 발이 들어 있습니다.]

정재준은 자신을 죽여달라고 부탁할 만한 사람들을 떠올려봤다. 진짜 죽고 싶은 건 아니고, 이 총을 보여주면서 도와달라고 부탁했을 때 그들의 반응이 목적이다. 분명 깜짝 놀라서 말리고, 힘든 게 뭐냐며 신경 써주고… 상상만으로도 그는 기분이 좋았다.

[그 장치를 설치하신 분은 거룩한 뜻이 있으니, 부디 다른 의도로 총을 사용하진 마시길 바랍니다.]

정재준은 이 좋은 아이템에 더 좋은 사용 방법이 있을까 생각해봤다. 미워하는 사람을 청부 살인할 수도 있지 않을까? 혼자서는 못 쓸까? 방아쇠에 어떤 장치를 해놓는다거나…

"!"

순간, 정재준의 눈빛이 달라졌다. 방아쇠를 보며 무섭게 몰입하던 그의 입꼬리가 짜릿하게 떨렸다. 소름 끼치는 계획의 파편들이 빠르게 머릿속으로 정리되었다.
총을 설치한 그 사람은 과연 생각이나 했을까? 이 총이 어떤 악마적인 계획에 사용될지를.

정재준은 6년을 만난 여자친구가 있지만, 결혼까지 할 생각은 없었다. 사실, 그녀는 정재준의 감정 쓰레기통 역할일 뿐이었다. 그런데 최근에는 그 역할을 제대로 수행하지 않고 있었다. 그녀가 결혼 이야기를 꺼냈을 때, 정재준이 미적지근한 반응을 보였기 때문이다.

지금 정재준은 회사에서 친 사고 때문에 감정 쓰레기통이 필요했다. 그녀가 그 역할을 해주지 못하는 지금, 그는 그녀에게 다른 역할을 주기로 했다.

"프러포즈 반지를 좀 사려고 하는데요."

반지를 구매한 정재준은 그녀와 그 공원에서 만나기로 약속했다. 프러포즈를 핑계로 친구들도 모았다. 그의 계획은 이랬다. 먼저 그녀를 붉은 반점 위에 정확히 세운다. 자신은 그 앞에 무릎 꿇고 프러포즈한다. 그 순간 원격조종으로 총의 방아쇠를 당기면, 모두가 보는 앞에서 그녀가 죽는 것이다. 프러포즈 한 날에 예비 신부를 잃은 남자! 세상에 그보다 더 비운의 남자가 있을까? 그 타이틀은 그의 인생 통틀어 최고로 불쌍한 사건이 될 것이다. 그를 아는 모두가 그를 동정하며 신경 써줄 것이다. 그걸 위해서라면 그녀의 죽음은 전혀 상관없다. 그것이 정재준이란 사람이다.

원격 발사 장치를 고안해내는 건 생각보다 어려웠지만, 불가능하지는 않았다. 조잡한 방법이긴 해도 찾아냈다. 방아쇠에 묶은 피아노 줄을 드론 모터에 연결하면, 드론을 켰을 때 줄이 감기면서 방아쇠가 당겨지는 방식이었다. 드론을 켜는 게 문제이긴 했지만, 그것은 옥상에 노트북을 가져다 놓고 스마트폰으로 원격조종하면 될 일이었다. 주먹구구 식이긴 해도 가능은 했다.

　완벽하게 준비를 끝낸 정재준은 여자친구를 붉은 반점으로 안내했다. 일부러 프러포즈라는 힌트를 약간 주었기 때문에, 그녀는 불평하면서도 순순히 따라왔다.

　"아, 왜? 갑자기 어딜 가자고 그래?"
　"조금만! 거의 다 왔어."
　"참 나."

　은근히 좋아하는 그녀의 표정은, 지금의 정재준에겐 보이지 않았다. 정재준은 스마트폰을 확인하며, 곧 일어날 인생 최고의 드라마에 집중했다. 갑자기 피가 튀었을 때 어떻게 놀라야 할까, 어떻게 울부짖어야 할까, 어떻게 넋이 나갈까.

　정재준의 얼굴에 미소가 어렸다. 정말이지 이 거룩한 장치를 어떤 미친놈이 왜 설치했는지는 몰라도, 그에게는 축복이었다.

　마침내 붉은 반점에 도착한 정재준은, 주변에 숨어 있는 친구들을 확인하며 그녀를 한쪽으로 세웠다.

　"이쪽으로 좀 와 봐. 여기 여기."
　"정말 뭐람?"

　정재준은 한 치의 오차도 없이 그녀를 붉은 반점 위에 세웠다.

"가만히 있어."

"뭔데 그래?"

은근히 기대하는 그녀의 앞에서 정재준이 한쪽 무릎을 꿇었다. 그가 손을 펼쳐 프러포즈 반지를 보여주자, 뒤에 숨어 있던 친구들이 풍선과 꽃다발을 들고 나타났다.

"재준아!"

순식간에 감격하는 그녀를 보며, 정재준은 재빨리 스마트폰의 버튼을 눌렀다.

이윽고 먼 건물에서, 조용한 총성이 울렸다.

∶
∶

정재준이 미처 보지 못했던, 거룩한 장치의 후기 글이 하나 있었다.

[용기가 없던 저는 드디어 쉽게 죽을 수 있다며 붉은 반점 위에 올라섰습니다. 그런데 12시가 다가올수록, 제 심장이 미친 듯이 떨렸습니다. 숨조차 제대로 쉴 수 없었습니다. 이윽고 약속된 12시. 벌레 소리마저 크게 들릴 정도로 집중한 제 귓가에 총알 소리가 들려왔습니다. 총알은

동정받고 싶은 남자

제 머리를 관통하지 않았습니다. 제 바로 앞의 흙바닥을 파고들었습니다. 저는 저도 모르게 안도의 숨을 내쉬며 무너져내렸습니다. 저를 찾아온 그분은 말했습니다. '죽음을 앞두고 어떤 기분이 들었습니까? 그 기분을 잊지 마십시오. 당신은 오늘 한 번 죽었습니다. 남은 삶은 어차피 보너스입니다. 마음대로 사십시오.'라고 말입니다. 그제야 저는 왜 그것을 거룩한 장치라고 부르는지 알게 되었습니다. 이제는 저의 사장님이 된 그분께 항상 감사하는 마음으로 살고 있습니다. 지금도 저는 그날 밤 제 발 앞에 떨어졌던 그 총알을 잊지 않고 있습니다.]

.
.
.

"아이고, 젊은 나이에 정말 불쌍하네. 식물인간이라며?"

"하필 프러포즈 하다가 총을 맞았대! 누가 쏜 줄도 모른다잖아. 참 불쌍해."

"평생 저렇게 누워 있어야 한다지? 정말 너무너무 불쌍해!"

어느 병실. 사람들이 떠드는 소리가 침대 위 정재준의 귓가에 들려왔다. 지을 수 없는 그의 표정은 지금 웃고 있을까, 울고 있을까.

신혼여행 중에

아무리 전 우주적 유행이라지만, 우주선을 웨딩카처럼 꾸민다 한들 우주에서 누가 볼 일이나 있을까?

써니가 하도 원해서 그렇게 하긴 했지만, 솔직히 돈 낭비다. 물론, 그 생각을 입 밖으로 꺼낼 필요는 없다. 평생에 한 번 있는 신혼여행이니까.

"너무 좋다!"
"그래? 네가 좋으면 나도 좋아."

써니의 해맑은 미소를 볼 수 있다면 뭐, 나도 좋은 거겠지.

오늘 아침 결혼한 써니와 나는 보그나르 행성으로 신혼여행을 가는 길이다. 이 작은 우주선의 마력으로는 이틀이나 걸리겠지만, 그것도 나쁘진 않다. 이 광활한 우주에 단 둘뿐이란 것도 그 나름의 분위기가 있다. 우린 스크린 밖으로 펼쳐지는 수많은 별을 바라보며 와인잔을 부딪혔다.

"오늘 결혼식 고생 많았어."
"자기도."

행복이란 이런 거겠지. 나는 지금 이 감정을 아름다운 말로 표현하고 싶었다. 한데, 써니는 금세 분위기에서 빠져나와 식탁 위 태블릿을 집어 들었다.

"보그나르 행성 가면 일단 어디부터 가볼까? 얌얌 고기 먹어 봤어? 명물 5선은 무조건 다 돌아야겠지? 으… 너무 신난다!"

분위기 좀 잡아보려 했더니, 어쩔 수 없다. 저 어린애 같은 호기심이 써니의 매력이니까.
나도 태블릿을 보며 맞장구를 시작했다. 한데 얼마 뒤,

삐-

"음?"

우주선에 통신이 들어왔다. 조종판으로 가서 보니 꽤 가까운 거리에 우주선이 접근하고 있었다.

“뭐지?”

나는 조금 긴장했다. 이 경로가 연방 안전 지역이긴 하지만, 이 넓은 우주에서는 장담할 수 없다. 다가온 써니가 내 어깨너머로 물었다.

“뭐야? 뭔데?”
“글쎄, 확인해볼게.”

나는 통신 요청을 받아들였다. 곧, 스크린이 켜지며 파란 피부의 외계인이 나타났다. 피부색을 보면 얼핏 메크나 쪽 외계인 같기도 하고, 생김새를 보면 처음 보는 종족 같기도 하고. 낯설어서 불안하다.

[새히새루루룰루 새룬.]

그는 몇 가지 단어로 통역기를 테스트하다가, 우리 언어를 맞추고 인사했다.

[아아. 안녕하십니까? 지구? 지구인이라고 합니까?]
“아, 네. 안녕하십니까. 무슨 일이십니까?”
[이야, 이거 지구인은 처음 뵙네요!]

신혼여행 중에

그는 내 질문을 무시하고 밝은 톤으로 떠들었다.

[실은 지나가는 길에 우주선을 봤더니, 참 예쁘게 꾸며져 있지 뭡니까? 혹시 신혼여행 가는 길입니까?]

내가 무슨 일이냐고 다시 묻기 전, 써니가 끼어들었다.

"네! 신혼여행 가는 길이에요! 어떻게 딱 아셨네요"
[역시 그랬군요! 이거 참 축하드립니다!]
"감사해요."

써니는 전혀 경계심 없이 밝게 웃었다. 나까지 그럴 순 없으니, 나는 진지하게 다시 물었다.

"그런데 무슨 일로 통신을 하셨습니까?"
[아! 실은 제가 며칠째 혼자입니다. 얘기할 사람이 없으니까 너무 외롭지 뭡니까? 근데 마침 근처에 우주선이 보이고, 또 그게 너무 예쁘길래 … 하하! 저도 모르게 이렇게 통신을 드렸네요. 굳이 이유를 말하자면, 외로워서라고 할 수 있겠네요. 하하.]
"아, 예…"

나는 조금 미심쩍었다. 이미 그의 우주선이 너무 가까이 다가 오고 있었다. 우주선 모델은 우리처럼 일반 여행용이 맞는 것 같지만, 또 모를 일이다. 나는 대충 대화를 마무리해야겠다고 생각했다. 한데, 써니는 아니었다.

"와! 이 넓은 우주를 혼자 다니면 정말 외롭겠네요! 어떻게 견디세요?"

[견딜 방법이 없습니다. 어휴.]

"안되셨다. 근데 실례지만 어느 행성 출신이세요? 전혀 본 적이 없는 외계인이시네요."

[우주에 종족이 한 둘이 아니니까 그럴 만도 하지요. 저는 락칼헬 출신입니다. 아마 작은 행성이라 들어 본 적은 없겠지만, 그래도 우주 연맹에 가입된 행성입니다! 증거도 보여드리죠.]

그는 갑자기 화면에 자신의 주민 증명서를 펼쳤다. 글자를 알아볼 순 없었지만, 연맹 마크는 확실하다. 왠지 신원을 애써 증명하려는 느낌이다. 나는 이 통신을 그만 끊어야겠다고 생각했다.

"그렇군요. 잘 봤습니다."

한데, 그는 내 말을 끊고 들어왔다.

[아, 이거 참! 제가 결혼 축하 선물이라도 드리고 싶은데, 무엇이 있을지 모르겠습니다.]

신혼여행 중에

내 경계심은 자꾸 높아졌지만, 써니는 아니었다.

"와, 선물이요?"

나는 써니에게 무슨 신호라도 줘야 하나 고민했다.

[예. 음… 그럼 혹시, 제가 저녁 식사를 대접해드리고 싶네요. 얌얌
스테이크 어떠신가요? 혼자 먹기에 많이 남아서 걱정이었는데.]
"와! 보그나르 특산품 얌얌 스테이크요?"
[예. 아! 혹시 신혼여행을 그쪽으로 가십니까?]
"맞아요."
[그렇군요. 좋은 행성이죠. 축하드립니다. 마침 제가 가는 길도 그
방향이니까, 건너오셔서 잠깐 저녁 식사 하시지요.]

나는 노골적으로 눈살을 찌푸렸다. 이게 무슨 난데없는 제안
이란 말인가? 누가 봐도 대놓고 너무 수상하다. 한데, 써니는 그
런 쪽으론 생각을 안 하는 듯했다.

"그럴까요? 저희야 감사하죠."
"잠깐…"

나는 드디어 참지 못하고 써니를 돌아보았다. 내 시선을 받은

써니가 의아하다는 듯 어깨를 으쓱 했다.

[실은 제가 누군가와 대화를 한 지가 너무 오래라, 함께 저녁 식사하면서 외로움을 좀 달래고 싶습니다.]

나는 스크린을 힐끔 쳐다본 뒤에 써니에게 속삭였다.

"굳이 초대에 응할 필요는 없을 것 같아."
"응? 왜?"

나는 이런 당연한 걸 설명해줘야 한다는 게 잠깐 이해가 가지 않았지만, 그런 순수함이 써니니까 어쩔 수 없다. 난 눈치를 주며 고개를 흔들었다. 한데 곧, 써니의 시선이 스크린으로 돌아가 버렸다.

[혹시 영원히 사는 법에 관한 소문 들어보셨습니까?]
"어? 그런 방법이 있어요?"

써니의 눈빛이 초롱초롱했다. 이미 단단히 꽂힌 얼굴이다.

[예예. 저녁 식사하면서 자세한 대화를 나눠보는 게 어떻습니까?]
"그럴까요?"
"써니!"

신혼여행 중에

난 써니의 말을 끊고, 스크린을 돌아보며 "잠깐 실례하겠습니다" 하고는 통신을 끊었다.

"가서 저녁을 먹는 건 좋지 않아."

"왜?"

"위험해. 처음 보는 낯선 이가 갑자기 우릴 초대한다는 건 의심해봐야 하는 거야. 이유도 없이 우릴 초대하겠어?"

"외로워서 대화가 그리웠다잖아. 우리 결혼도 축하해주고 싶고."

"그 말을 어떻게 믿어. 타인을 그렇게 함부로 믿으면 안 된다고. 써니는 너무 사람을 잘 믿어서 문제야."

"당신이 너무 꽉 막힌 거 아니야? 타인의 호의를 그렇게 무시해서 되겠어?"

"어휴…"

나도 모르게 나온 한숨에 써니의 미간이 살짝 좁아졌다.

"당신은 왜 그렇게 소극적이야? 신혼여행 중에 만난 낯선 외계인과의 저녁 식사! 그림이 얼마나 멋져? 갔다 와서 친구들한테 자랑할 수도 있고. 이런 예상 밖의 일들이 여행을 멋지게 만드는 거라고!"

"여행지에서의 낯선 친절은 경계대상 1호야."

"아, 정말 낭만이 없어! 난 무조건 저녁 먹을 거야. 당신 싫으면 나 혼자라도 먹을래."

난감하다. 이럴 땐 써니의 성격이 정말 싫다. 그걸 저줄 수밖에 없는 나도 싫고.

"알겠어. 그럼 대신, 우리 우주선으로 초대하자. 가는 건 안돼."
"음…"
"미리 최소한의 안전이라도 갖춰야지!"

난 통신을 재연결한 뒤, 그를 향해 말했다.

"그러시다면, 저희 우주선 쪽으로 건너와서 저녁을 함께하시죠. 질 좋은 와인과 지구의 케이크를 대접해드리겠습니다."

난 내심 그가 핑계를 대며 거절하길 바랐지만, 그는 깔끔했다.

[아! 좋죠! 그럼 스테이크 가지고 건너가겠습니다! 바로 도킹 코드 알려드리겠습니다.]

두 우주선 제작사가 같으니 도킹은 금방이었다. 그는 정말로 스테이크를 가지고 들어왔다. 인간보다는 약간 큰 크기에 파란

신혼여행 중에

피부, 손가락은 여섯 개. 피부의 질감은 식물 같고, 털이 없다. 통신으로 봤을 때와는 또 무척 달랐다.

"초대해주셔서 감사합니다. 하하."
"아니요. 선물 감사드립니다."
"반가워요!"

우린 최대한 매너를 갖춰서 원형 식탁에 둘러앉았다. 그는 통신에서처럼 무척 말이 많았는데, 써니와 잘 맞는 편이었다. 나만 경계하느라 저녁을 즐기지 못한 채 손해 보고 있다.

"와, 얌얌 스테이크 정말 맛있네요! 소문대로네요."
"그렇죠? 그래서 항상 대량으로 사재기한답니다. 하하."

난 둘의 대화에서 대충 추임새만 넣는 정도였지만, 사실 궁금한 게 한 가지 있었다. 깜빡하고 있던 써니도 갑자기 생각이 났는지 물었다.

"아참! 아까 말했던 영원히 사는 법이 뭐죠?"
"아! 영원히 사는 법 말씀입니까? 요즘 여기저기서 관심사죠."

그는 수저를 내려놓으며 말했다.

"저도 여행 중에 들은 이야기인데, 정말 신기한 이야기였습니다. 그러니까 어느 종족이 있는데, 그 종족은 평생에 딱 한 번 씨앗이란 걸 뿌릴 수 있답니다."

　"씨앗이요?"

　"예. 그런데 그 씨앗은 땅에 심는 게 아닙니다. 살아 있는 타인에게 심는 겁니다. 특히 그 대상은 꼭 한 쌍의 부부여야만 하는데, 왜 그런지 아십니까?"

　그는 우리에게 눈을 마주쳐오며 물었다. 난 이 대목에서 느낌이 안 좋았다. 써니는 그냥 궁금한 얼굴로 되물었다.

　"왜 그렇죠?"

　"그 부부가 아이를 낳으면 다시 태어나기 위해서입니다."

　"네에?"

　써니의 눈이 휘둥그레졌다. 그는 그 반응을 즐기듯 말했다.

　"하하. 그 종족은 씨앗을 한 번 뿌리면 얼마 안 가 죽어버립니다. 그 대신, 씨앗을 뿌린 부부가 아이를 낳으면 거기서 다시 태어납니다."

　"세상에!"

　"갓난아기로 태어났을 때부터 원래의 기억을 모두 가지고 있는데, 특히 홍채는 완벽하게 똑같습니다. 그들 사회는 신원 증명을 흥채로 하기 때문에 이전의 재산이나 지위를 그대로 찾아갈 수 있죠. 그러니까 영원한 삶이나 마찬가지 아니겠습니까?"

써니의 눈살이 찌푸려졌다.

"아니, 그럼 그 부부는 어떡해요?"

그는 씩 웃으며 써니를 잠시 바라보았다.

"그 부분이 참 흥미롭습니다. 그렇게 태어난 아이는 성인이 될 때까지 외관상으로 전혀 티가 안 납니다. 심지어 종족이 달라도 똑같아 보이죠. 그러니까 부부는 영락없이 자신의 아이인 줄 알고 애지중지 키울 수밖에 없습니다. 굉장히 효율적이지 않습니까? 아무런 방어 능력이 없는 영유아기를 가짜 부모 밑에서 극복하다니 말입니다."
"세상에! 너무 끔찍하네요!"

써니의 얼굴이 일그러졌다. 난 더했다. 그는 혼자 웃었다.

"하지만 어쩔 수 없습니다. 전혀 알아낼 방법도 없거든요. 어느 부모가 자기 자식이 아니라고 의심할 수 있겠습니까? 그러다가 자식이 성인이 되거나, 혹은 청소년기에 갑자기 사라져도 발만 동동 구를 수밖에 없죠. 그냥 사라지면 오히려 다행이지, 아예 부부를 살해하고 그 재산을 갈취해서 도망가는 경우도 있습니다. 자신의 고향별까지 돌아갈 여비를 마련하기 위해서 말입니다."

"으악!"

써니는 그저 무서운 이야기를 들은 정도의 표정이었지만, 나는 실제로 무서웠다. 난 그 이야기 속에 나오는 끔찍한 외계 종족이 바로 눈앞의 외계인이라고 확신했다. 그걸 대놓고 뻔뻔하게 이야기하고 있다는 건, 이미 씨앗을 우리에게 먹였다는 뜻이 아니겠는가?

나는 강렬하게 그를 노려보았고, 그도 곧 내 눈빛을 마주했다. 그는 여유롭게 웃더니 손을 털었다.

"아이쿠, 이런. 제가 너무 오래 있었나요? 오늘 저녁 식사 감사했습니다. 제가 지구인을 처음 뵙는데, 굉장히 친절한 종족이군요."

"아, 가시게요?"

그는 일어나며 고개를 끄덕였다.

"신혼여행 중인 분들을 언제까지고 방해할 순 없죠. 한창 뜨거울 시기인데 말입니다. 하하."

난 그의 말에서 다른 뜻을 느꼈지만, 드러내진 않았다. 그는 볼 일이 끝났다는 듯, 미련 없이 자신의 우주선으로 돌아갔다.

그가 돌아가자마자, 나는 그가 가져온 스테이크를 쓰레기통에 처박았다.

"이런, 젠장할!"

써니는 내 행동에 눈을 동그랗게 뜨고 물었다.

"왜 그래?"
"몰라서 물어? 어휴."

이럴 땐 써니가 참 답답하다. 내가 없으면 세상을 어떻게 살아가려고 저럴까?

"아까 그 외계인이 말했던 그 끔찍한 종족이 바로 그 자신이라고. 우리한테 자기 씨앗이 들어간 음식을 먹인 거야."
"뭐라고?"

써니는 미간을 좁히더니, 어이없게도 나를 탓했다.

"에이, 당신이 너무 과민반응 하는 거 아니야? 그렇게 나쁜 외계인처럼 안 보였는데?"

"어휴…"

나는 고개를 흔들었다. 저게 써니의 매력인지 답답함인지 가끔 헷갈린다.

"합리적인 의심이야. 그 정도는 의심하고 살아야 해, 써니. 최소한의 대비를 해서 손해 볼 게 없다면 대비를 해야 하는 거야."

나는 말하며 두 손을 입으로 옮겼다. 그리고 고개를 들어 다이어트 마우스를 천천히 뺐다.

"흠."

써니는 이해하지 못하는 듯했지만, 그래도 고개를 끄덕여줬다. 그리고 나처럼 입속에서 다이어트 마우스를 천천히 꺼냈다.

결혼식을 앞두고 다이어트용으로 샀던 것이었다. 이걸 착용하면 음식의 식감과 맛을 느낄 수 있지만, 위장으로 흡수되지는 않는다. 혹시나 해서 그가 방문하기 전에 미리 착용한 것이었다. 겉으로 티가 나더라도, 지구인을 처음 봤다니까 아마 눈치채지 못했을 것이다. 아마 우리가 씨앗을 먹은 줄 알고 돌아갔겠지.

그러고 보니 씨앗을 뿌리고 나면 얼마 안 가 죽는다고 했던가? 잘됐다. 자업자득이다.

．
．
．

　파란 피부의 외계인이 멀어져가는 웨딩 우주선을 바라보며 웃었다.

　"흐흐. 멍청한 지구인들! 음식을 경계하지도 않고 잘도 처먹는군! 뭐, 어차피 눈치챘다 해도 상관없지만. 씨앗이 음식에 들어 있을 거라고 생각했겠지? 포자처럼 공기를 타고 퍼진다는 건 꿈에도 몰랐을 거다! 이미 너희들은 내 씨앗에 감염되었어!"

　시원하게 웃던 외계인은 버섯이 말라가는 것처럼 천천히 쪼그라들었다.

．
．
．

　써니는 조금 삐진 듯했다. 내가 너무 심하게 타박했나? 하긴, 우리에게 그렇게 위험한 상황도 아니었는데. 난 써니의 기분을 맞춰주기 위해 얼른 태블릿을 집었다.

　"보그나르에 게이 전용 클럽 좀 알아볼까? 거기 가면 우리 말고도 게이 커플이 많을 거야."

살인자의 정석

　세상에 이런 악연이 또 있을까? 정수기 영업을 하러 들어간 집에서, 하필 그 여자의 부모를 만날 줄이야… 덕분에 잊고 있던 몇 달 전의 그 날이 떠오르고 말았다. 내가 그 여자를 죽였던 그 날의 기억이 말이다.

　거실에서 그 여자의 사진을 보자마자 나는 깜짝 놀랐지만, 금세 평정을 되찾았다. 어차피 내가 그녀를 죽였다는 건 이 세상 누구도 모르는 일이니까. 말하긴 좀 그렇지만, 정말 놀라울 정도로 완벽한 살인이었다. 티끌 만한 단서조차 없어서, 경찰이 아예 수사조차 시작하지 못했다고 들었다. 지금 생각하면, 그녀를 강간하지 않은 건 정말 현명한 선택이었다. 그랬다면 뭐라도 남았겠지.

　그녀와 눈매가 무척 닮아 있던 남자는, 이런 나에 대해서 아무엇도 모르고 말했다.

"정수기 임대요? 흠. 마침 생각 중이긴 했었는데…"

바로 이곳을 벗어나려 했던 나는, 그의 말에 생각을 달리했다. 최근 실적이 너무 안 좋았다. 조금 마음에 걸리긴 했지만, 지금 나는 누구에게든 실적을 올려야 했다.

"아, 그렇습니까? 제가 잘 찾아왔군요! 이번에 정말 조건이 좋게 나왔습니다, 선생님. 월 3만 원이 안 되는 가격으로 이게 가능하다는 건 저도 놀랄 정도입니다. 자세히 알아보시면 알겠지만, 필터 교체 주기도…"

내 설명이 이어지자 그는 고민하는 표정을 지었다. 경험상 저런 표정이면 70% 이상은 넘어온 거였다.

"어차피 정수기를 쓰실 거면, 이번에 좋은 조건이 나왔을 때 해보시는 게 좋을 것 같습니다. 어떻습니까?"
"흠…"

할 말을 다한 나는 그의 고민을 얌전히 기다렸다. 이런 중년의 남성에게는 재촉하지 않아야 답이 나올 때가 있다. 내 느낌상, 지금은 거의 90% 이상 성공이었다.

"음. 괜찮을 것 같군요."

"아, 그러면?"

"그런데 일단, 집사람에게 한번 물어보겠습니다."

"아…"

이런 염병! 거의 다 넘어왔는데!

저 말이 나오면 영업 성공률은 50% 이하로 떨어진다. 구질구질하지만, 여기서는 당장 결정을 재촉할 수밖에 없다.

"아! 상의해보시는 게 좋죠. 그런데, 이 프로모션의 기간이…"

재빠르게 몰아붙이려던 그 순간,

[최~강 김지성! 무~적 김지성! 야이 야이야야야~♬]

"아, 잠시만요!"

나는 벨이 울리는 폰을 들어 070번호를 확인한 뒤 그냥 꺼버렸다. 망할, 중요한 순간에 광고 전화라니… 짜증이 났다. 한데,

"오오! 김지성 선수 팬입니까?"

"예? 아, 예. 김지성 선수 팬입니다. 정말 멋진 선수잖습니까?"

무뚝뚝해 보이던 그의 얼굴에 웃음이 번졌다. 설마 이거, 좋은 예감인가?

"이야, 여기서 김지성 팬을 다 만나네! 내가 김지성 데뷔 때부터 팬이었는데!"

그는 잠깐 기다리라 말하고, 얼른 안방으로 달려가서 김지성의 사인이 적힌 야구공을 가져왔다.

"이게 김지성이 데뷔 시절에, 3번째 홈런볼입니다. 3번째!"
"세상에!"

김지성의 3번째 홈런볼이라니! 저걸 어떻게 구했지?
나는 영업도 잊고서 공 구경을 시작했다. 어느새 정신을 차려 보니, 그와 나는 김지성의 이야기를 열정적으로 떠들어대고 있었다.

"이번에 김지성이 타격 폼 바꾼 거 알지? 그게 또 아무나 하나? 머리가 좋으니까 그게 되지!"
"그래서 제가 김지성을 좋아하는 겁니다!"

그는 어느새 편하게 반말을 하고 있었고, 나도 적극적으로 호응하고 있었다. 생각해보면 참 웃긴 모습이다. 내가 그의 딸을 죽였는데, 그와 이러고 있어도 되나?

아무튼, 영업은 당연히 성공이었다.

"아참! 정수기 그거 지금 계약하면 되나? 김지성 팬이 파는 거면 내가 무조건 믿을 수 있지!"

"아, 그럼요! 김지성 팬이 아무거나 팔겠습니까?"

이렇게 쉽게 풀릴 줄이야! 역시 김지성이 최고다.

주변에 야구 좋아하는 사람이 없다던 그는, 이번 주말 김지성 경기 직관을 함께 가자고 제안했다. 허, 참… 내가 누군 줄 알았다면, 그런 제안을 할 수 있었을까? 솔직히 나는 꺼려졌다. 아무리 그래도 내가 당신의 딸을 죽인 사람인데.

나는 주말 약속을 핑계로 정중히 거절했다. 그를 위해서라도 그게 좋겠지.

⋮

세상에! 전생이라는 게 있는 걸까? 그렇다면 그와 나는 도대체 어떤 악연이었을까?

이번에 나는 몇 년 전부터 관심 있던 사회인 야구를 시작하기로 했다. 하지만 그곳에서 그를 만날 줄은 꿈에도 몰랐다.

"어? 김지성 팬! 나 기억하지? 아, 몇 달 전에 우리 집에 정수기!"

"아! 예… 기억합니다."

어떻게 잊을 수 있을까? 내가 죽인 여자의 아버지인 그를.

그는 정말 반갑게 웃으며 내게 인사했다. 나는 그와의 이 악연을 어떻게 받아들여야 할지 감이 오지 않았다. 우리 학교 졸업생이 많다는 소문을 듣고 찾아간 사회인 야구팀에서 그를 만날 줄이야! 심지어,

"뭐? 보근대학교라고? 내가 거기 89학번이잖아!"

내가 그와 동문일 줄은 또 몰랐다. 세상 인연이란 게 정말 무섭다.

그는 나를 몹시 반겼지만, 나는 그 야구팀을 계속 다닐 수 없었다. 아무리 그래도, 내가 당신의 딸을 죽인 사람인데… 그와 더 가까워지는 건 너무 코미디다. 그리고 솔직히 말해서, 나는 그의 인상이 조금… 별로였다. 자신의 딸이 죽은 지 얼마나 됐다고, 너무 잘살고 있는 것 아닌가? 즐길 거 다 즐기면서 저렇게 살 수 있다니. 참, 인간…

그는 내가 아쉬웠는지, 가끔 주말이면 야구 안 나오냐는 문자를 보냈다. 일이 바쁘다는 핑계로 무시하듯 피했지만, 인생사 인연이란 건 정말 어떻게 풀릴지 모르는 일이었다. 몇 달 뒤, 실적

때문에 회사에서 잘린 나는 술집에서 소주를 퍼마시고 있었다. 한데,

"아니, 이게 누구야? 후배! 여기서 또 후배를 만나네! 히야! 진짜 인연이다, 인연이야!"
"아…"

인연이 아니라 악연이었다. 도대체가 어떻게 이렇게까지 악연이 이어질 수 있는 걸까? 정말 알 수 없는 일이었지만, 나는 이번에도 그에게서 거리를 두고 벗어나려 했다. 한데, 그가 내게 솔깃한 제안을 해왔다.

"뭐? 잘렸다고? 아 그럼, 우리 회사 들어오면 되겠네! 일도 별로 안 힘들어! 야구할 시간이 충분하다니까?"
"아…"

나는 갈등했다. 그의 회사는 전에 직장보다 월급도 좋고 일도 편했다. 게다가 바로 사장 라인을 탈 수 있다. 정말 내가 죽인 여자의 아버지만 아니었다면, 생각할 것도 없이 받아들였을 텐데.
하지만 생각해보면, 어차피 내 마음만 불편할 뿐이다. 그 일은 세상 누구도 모르는 일이니까. 내가 말하지 않는 이상 어차피 아무도 모르는 일인데, 이렇게 신경 쓸 필요가 있을까? 그는 나를 그냥 정수기 판매원, 야구 좋아하는 사람, 대학 후배로 생각할

뿐이지 않나? 꼭 거절할 필요가 있을까?

결국, 나는 스스로 어이없다는 걸 알면서도 그의 제안을 받아들였다.

"그렇게 해주신다면, 저야 감사하죠."

아무것도 모르는 그는 기쁘게 웃었다.

"잘됐네, 잘됐어! 드디어 우리 회사에도 야구맨이 들어오는군! 하하하!"

나는 다음날부터 곧바로 출근을 시작했다. 그의 말대로 회사 일은 딱히 어렵지 않았다. 얼마나 쉬웠냐면, 오후에 함께 김지성 야구경기를 보러 갈 수도 있을 정도였다. 그는 나를 아주 좋아했고, 나도 겉으로는 그런 척해주었다.

분명 내가 그의 딸을 죽였단 사실은 불편한 일이었지만, 확실히 내 삶의 질은 한층 높아졌다. 그동안 항상 실적 스트레스에 쫓기듯 살아온 인생에서 해방된 느낌? 그리고 그 불편함이라는 것도, 반년 정도 지나자 까맣게 잊었다. 억지로 떠올리지 않으면 내가 그의 딸을 죽인 사실이 기억나지도 않았다. 2년 차에는 사내 연애도 하게 되었고, 그다음 해에는 승진도 했다. 아마 내가 결혼을 한다면 그가 주례를 서게 될 거란 생각이 들었는데, 이때는 조금 기분이 묘했다. 내가 그의 시집도 못간 딸을 죽였는데,

그가 내 결혼식에서 주례를 보며 축복을 얘기한다니? 상상하면 조금은 마음이 불편하다.

한데 어느 날, 마음이 정말 미친 듯이 불편해지는 일이 벌어지고 말았다.

[경찰은 미제사건 특수 전담반을 형성하여, 그동안 해결하지 못했던 사건들을 집중 재조사하기로 결정했습니다. 대표적 사건으로는…]

그 목록에는 내가 저지른 살인사건이 있었다. 나는 심장이 미친 듯이 쿵쾅거렸다. 그동안 그냥 잘 살고 있던 것만 같았던 그는, 그 소식을 듣자마자 눈물을 흘렸다. 그는 딸의 억울한 죽음을 잊은 게 아니었다. 아니, 절대 아니었다.

나는 불안했다. 설마 그럴 리는 없겠지만, 안 된다. 난 지금의 이 평온한 일상을 절대 잃고 싶지 않았다. 그 어느 때보다 불안한 나날이 이어졌다. 가끔 뉴스에서 미제사건 전담반의 소식이 들릴 때마다, 나는 스트레스 자극을 받은 실험용 쥐처럼 움츠러들었다. 그런 나날은 약 3개월간 지속됐다. 어느 순간 그의 얼굴에서 체념을 읽어냈을 때, 그제야 나는 다시 안심할 수 있었다.

경찰은 그 사건에 대해서는 아무것도 찾지 못했다. 다른 사건은 몰라도, 내가 저지른 완벽한 살인에 대해서는 말이다. 오히려 경찰은 괜한 기대심만 품게 하여, 그를 쇠하게 했다. 그는 3개월간 많이 늙은 것처럼 보였다.

한데, 그는 사장으로서 정말 인정할 만한 인물이었다. 그동안 어두워진 회사 분위기를 반전시킬 셈이었는지, 올해의 단합회를 과감하게 필리핀으로 결정했다. 직원들은 해외여행에 들떴고, 금세 분위기가 밝아졌다. 필리핀에 도착해서도 그는 다른 누구보다도 밝게 행동했고, 우리는 즐겁게 관광을 즐길 수 있었다.

이때까지만 해도 나는 그와의 인연이 필리핀에서 끝나게 될 줄은 상상도 못 했다.

그와 나는 늦은 밤에 술을 더하기 위해 숙소를 빠져나와 택시를 잡았다. 하지만 우릴 태운 택시는 목적지가 아닌, 낯선 공간으로 우릴 안내했다.

"어어? 뭐야? 어디 가!"

"어?"

뒤늦게 상황을 눈치챘을 땐, 이미 택시 기사가 강도로 돌변한 뒤였다.

"돈 내놔! 돈 내놓으라고!"

칼을 꺼내든 강도의 외침에 나는 굳어버렸다. 하지만 그는 나와 달리, 곧바로 문을 열고 뛰어내렸다.

"도망 가!"

강도는 당황하며 곧장 그를 쫓아 내렸고, 나도 뒤늦게 차에서 내렸다. 그는 조금 떨어진 곳에서 강도와 몸싸움을 벌이고 있었는데, 내가 채 다가가기도 전에 강도의 칼이 그의 몸에 파고들었다!

몇 번이고 배를 찔러대던 강도는, 마지막으로 그의 목을 찌르고 도망쳤다. 멀리서 벌벌 떨던 나는, 강도가 사라지고 나서야 그에게 다가갈 수 있었다. 그의 상태는 끔찍했다.

"아, 으… 아…"

갈라진 목덜미에서 피 분수를 쏟고 있는 그의 눈은 초점이 흐려지고 있었다. 죽음. 전에 본 적이 있는 죽음의 그 순간이었다. 나는 어찌할 줄을 모르고 그의 곁에 주저앉았다. 그는 흐릿해진 눈으로 허공을 보며 눈물을 흘렸다.

"여, 여기서… 이렇게 죽을… 내 딸… 혜화… 보고 싶… 내 딸 혜화… 혜…"

죽음의 순간에 딸을 떠올리는 그의 모습은 내 마음을 복잡하게 했다.

"혜화야… 왜 그렇게… 일찍… 보고 싶은 혜, 혜화…"

나는 문득 생각했다. 혹시, 지금 이 순간이 내가 그에게 사과할 수 있는 마지막 기회일까? 그의 딸을 죽인 죄를 사과할 수 있는 유일한 기회가 아닐까? 지금이 아니면 영영 사과할 기회가 없는데, 지금이라도 사과해야 하는 게 아닐까?

　하지만 나는,

　"혜… 화…"

　끝까지,

　"혜…"
　"…"

　입을 다물었다.
　굳이 그럴 이유가 없으니까. 나는 그의 숨이 끊어진 걸 확인하고 일어났다. 정말 짜증이 솟구쳤다. 하필 이 먼 나라까지 와서 이런 일이 생긴단 말인가? 여기서부터 숙소를 어떻게 찾아가고, 이 일은 또 어디에 신고해야 하지?

　"하아…"

답답한 한숨을 내쉰 나는 일단, 그의 주머니에서 지갑을 꺼내기로 하고 손을 뻗었다. 한데,

덥석!

죽은 그의 손이 내 팔목을 붙잡았다. 깜짝 놀란 내가 돌아보자, 목이 갈라진 그가 무표정하게 나를 올려다보며 말했다.

"이런 개자식을 봤나!"
"으아아!"

나는 귀신을 본 것처럼 뒤로 엉덩방아를 찧었다. 그리고 갑자기 지끈거리는 머리를 감싸 안고 아득히,

아아아아아아아아아아아아아아아아아아–

⋮

"아아아아아악!"

뭣?!

"하아… 하아… 하아… 뭐야?"

뭐야, 여긴 어디야? 필리핀은? 내가 왜 여기? 뭐지? 내가, 나는, 나는… 나는?

"아!"
[가상현실 테스트를 종료합니다.]

빌어먹을!

.
.
.
.

"어이구, 최무정 씨. 다섯 시간 전에 제게 했던 말 다시 해보실래요?"

형사의 비아냥에, 나는 아무 말도 하지 못했다. 그는 굳이 내가 5시간 전에 했던 말을 재현했다.

"여기 쓰여 있네요. '죄송합니다. 정말 실수였습니다. 진심으로 후회하고 있습니다. 원래 바로 자수할 생각이었습니다. 평생 사죄하며 살겠습니다.' 라고 하셨죠?"
"…"
"저희가 그래서 기회를 굉장히 많이 드려봤거든요? 가상현실로 말이에요. 그런데 그 많은 사과의 기회가 있었음에도, 절대 피해자에게 사과를 안 하시더군요. 마지막의 그 순간에서도 안 할 줄은, 참."

"그…"

"최무정 씨는 만약 현행범으로 잡히지만 않았으면 자수는커녕, 평생 피해자에게 사과 한마디 안 하고 편하게 사셨을 겁니다. 인정하시죠?"

"…"

"도장 찍겠습니다."

형사는 냉정해진 얼굴로, 내 서류에 도장을 쾅 찍었다. 나는 그것을 막을 어떠한 변명도 못 했다.

"홍혜화 살인사건의 현행범으로 체포된 최무정 씨를 [교화 불가능] 판정으로 넘기도록 하겠습니다. 최무정 씨는 교화를 목적으로 한 교도소에는 갈 수 없습니다. 세상과 영원히 격리된 곳으로 가게 될 겁니다. 우리 사회의 안녕과 평화를 위해서."

김남우 선생의 노량진 이야기

김남우 선생님은 재밌다. 학원에서 가장 인기가 많은 선생님 이었지만, 공부는 설렁설렁 가르치는 편이었다. 항상 아이들을 웃게 만드는 그 말.

"목숨 걸고 공부하지 마라! 여기가 무슨 노량진이냐?"

김남우 선생님이 저렇게 농담 식으로 말을 할 때마다 아이들 은, 무슨 학원 선생님이 공부하지 말라고 하냐며 웃음을 터트리 곤 했다. 선생님이 하도 저 말을 입에 달고 사니까, 하루는 한 친 구가 웃으며 물어봤다.

"노량진에서는 어떻게 공부하는데요? 쌤이 알긴 알아요?"

김남우 선생님은 손에서 책을 놓으며 웃었다.

"궁금해? 그래, 오늘도 공부와 관계없는 이야기로 시간을 낭비해보자!"

아이들도 웃으면서 하나둘 펜을 놓았다. 새로울 것도 없이, 김남우 선생님의 수업은 항상 이렇게 설렁설렁이었으니까.

"선생님이 한참 목숨 걸고 공부하던 시절의 이야기야. 그때 난 노량진에서 잘 가르치기로 소문난 스타 강사의 수업을 듣고 있었지. 그 수업이 얼마나 대단한 수업이었냐면… 하루 수업료가 너희 한 달 학원비만큼 비싸다고 하면 와닿을까?"
"으아!"

아이들은 놀란 얼굴로 감탄사를 내뱉었고, 김남우 선생님은 그 반응에 만족한 듯 웃으며 이야기를 계속 이어나갔다.

"그런데 어느 날. 수업시간에 이 강사가 들어오는데, 모양새가 좀 이상했어. 눈은 퀭하고, 복장도, 머리도, 정돈되지 않은 느낌이었지. 술 냄새도 조금 풍기는 것 같았고… 이 강사는 교탁에 서서 아무 말도 없이 학생들을 바라만 보았어. 그러니까 학생들도 이상하게 쳐다봤지. 왜 저러지? 하고 생각하면서 말이야. 계속 그러니까 누가 나서서 뭐라고 말이라도 해야 하나 싶을 타이밍에, 강사가 이렇게 말했어.”

[첫사랑 이야기해줄까?]

김남우 선생님은 이게 엄청난 말이라는 듯, 과장된 얼굴로 입을 벌렸지만, 이 학원에서 놀라는 아이들은 없었다. 선생님은 입맛을 다시며 계속 이야기를 했다.

“아무튼, 학생들은 어리둥절했지. 저 양반이 갑자기 왜 저러나 싶어서 보고 있는데, 강사가 멋대로 이야기를 시작하는 거야.”

[나는 평생 공부만 하느라, 여자친구를 아주 늦게 사귀었어. 서른한 살에 처음 만났으니까… 나는 그녀에게 정말로 빠져들었어. 2년 만에 결혼했을 정도니까 말이야. 그녀는 예뻤고, 착했고, 가정에 헌신적이었어. 그녀와 결혼할 수 있어서 나는 정말 행운아라고 생각했지. 그녀는…]

“강사는 그렇게 자기 아내의 좋은 점을 계속해서 자랑했어. 무슨 염장질인지 알 수 없었지. 그런데 이상했던 건, 말하는 강사의 얼굴이 슬퍼 보였다는 거야. 뭐, 그건 이유가 있었지만… 아무튼, 계속 강사가 그렇게 자기 사랑 얘기를 떠들고 있으니까, 한 학생이 말했어.”

[선생님! 수업 안 하십니까?]

"헉! 정말로 그렇게 말했어요?"

한 아이가 믿을 수 없다며 소리치자, 김남우 선생님도 웃으며 동의했다.

"그러니까 내 말이! 우리처럼 이렇게 수업 따위는 재끼고 노닥거리는 게 정상인데!"

아이들은 크게 웃었고, 선생님은 다시 표정을 고치고 이야기를 이었다.

"강사는 학생의 말에 잠깐 멈췄지만 무시했어. 마치 못 들은 것처럼 전혀 대응하지 않고, 그녀의 칭찬을 계속했어. 학생들은 웅성거렸지. 우리들은 이 당황스러운 상황을 어떻게 해야 하나 난감해하고 있었어. 그때, 그 강사의 표정이 순식간에 변했어. 아주 싸늘해졌지… 강사는 차가운 말투로 이렇게 말했어."

[아내가 이상하다는 것을 깨달은 건 얼마 전이었어. 퇴근하고 집에 갔는데, 아내가 화장을 지우고 있는 거야? 이상했지. 결혼 후에는 외출할 때가 아니면 화장하는 모습을 본 적이 없었거든. 어디 갔다 왔냐

고 물었더니, 그냥 심심해서 해봤다더군. 그래서 그냥 그런 줄 알았는데… 아니었더군.]

"강사는 점점 흥분하기 시작했어."

[그날 이후 관심을 갖고 보니 아내의 외출이 늘었어. 내가 출근한 시간에 집으로 전화를 걸면 받지 않을 때가 많았지. 가끔은 밤에도 친구를 만나러 나갔다 오는 경우도 있었어. 나는 불안했지. 그렇게 착한 아내가 설마 그럴 리가 없다 생각했지만, 최근 들어 너무 변한 아내의 모습이 나를 불안하게 만들었어. 헤어스타일도 바꾸고, 짧은 치마를 입고, 화장을 자주 하고, 집안일에 소홀했어. 그러던 중에… 친구 놈이 그러더군. 시내에서 아내를 봤다고 말이야. 모르는 남자와 다정히 있었는데 너도 아냐고.]

"강사의 눈이 점점 시뻘게져서 어딘가 좀, 미친 사람처럼 변했어. 우리는 그 분위기에 압도당해서 침묵했지. 강사는 격해진 음성으로 말했어."

[그래도 난 믿지 않았어. 절대로 믿고 싶지 않았지! 내 인생 유일한 사랑인 그녀가 그럴 리가 없다고, 그럴 순 없다고 생각했어. 내 눈으로 직접 보기 전엔 절대 믿지 않으리라 생각했어. 그래서, 어제 직접 아내의 뒤를 쫓았고… 내 눈으로 직접 봤지.]

"이 대목에서 강사는 입술을 비틀어 웃었어. 소름 돋았지."

[아내가 남자랑 모텔에 들어가더군? 난 1시간 동안 밖에 서 있었어. 현실을 받아들일 수가 없어서, 아무것도 할 수가 없었어. 그러다가 봤어. 봤어! 내 두 눈으로 똑똑히 봤어. 그 새끼 팔짱을 끼고 나오던 아내의 행복하게 웃는 얼굴을 말이야.]

"으…"

이야기를 듣던 아이들의 얼굴이 안 좋아졌다. 김남우 선생님은 고개를 끄덕였다.

"그래. 그때 우리도 너희들 같은 표정이었지. 강사는 울고 있었어."

[미칠 것 같았어. 누구에게도 그 심정을 말할 수 없었어. 밤새도록 혼자서 술을 마시다가, 아침이 되어서야 집으로 돌아갔지. 집으로 돌아가서 아내를 찾았어. 그런데… 나를 본 아내는 그렇게 웃질 않았어. 어제처럼 행복하게 웃질 않고, 인상을 찌푸리고 있었어. 마치 귀찮은 생물을 보는 듯한 눈초리로 나를 보고 있었어. 어질러놓은 장난감들을 보는 것처럼 나를 보고 있었어…]

"여기까지 말한 강사가 말을 멈추는 순간, 우린 순간적으로 소름이 돋았어. 잠시 뒤, 강사는 이렇게 고백했어."

　　김남우 선생님은 잠깐 말을 멈추고 굳은 얼굴로 심각한 분위기를 만들었다. 이 한 줄의 대사를 말하기 위해서.

　[나는 달려가 아내의 목을 졸랐어.]

　"으아아!"

　　깜짝 놀란 아이들의 목소리가 절로 터졌다. 김남우 선생님은 굳은 얼굴로, 마치 자신이 그 강사인 것처럼 몰입했다.

　[내가 목을 조르자, 놀란 아내는 버둥거리고, 부릅뜬 눈으로 나를 노려보고, 팔을 휘젓고, 내 팔을 쥐어뜯고, 캑캑거리고, 침을 흘리고, 시뻘게졌지. 그래도 난 끝까지 이를 악물고 손에서 힘을 빼지 않았어. 아내는 점점 힘이 빠지더니, 결국 움직임을 멈췄어. 내가 손을 놓아버리자, 마네킹처럼 미동도 하지 않았지.]

　"으으…"

　[나는 움직이지 않는 아내를 쳐다보며 무서워졌지. 당장 욕실로 달려가, 아내의 침이 묻은 손을 씻었어. 다시 돌아와도, 아내는 그 자세 그대로 일어나지 않고 있었어. 내가 아내를 죽인 거야. 내 손으로 사

랑하는 아내를 죽인 거야. 혼란스러웠어. 무서웠어. 어떻게 해야 할지 몰랐어. 나는 무작정 집을 도망쳤어. 도망치며 시계를 봤어. 시계를 보고, 내가 뭘 해야 하는지 생각났어. 오늘은 수업이 있는 날이었거든. 너희들에게 수업을 해야 하는 날이잖아? 그래서 나는 여기로 왔어. 집에서 도망쳐 곧장, 여기로 왔어…]

김남우 선생의 연기가 끝나도록 아이들은 숨소리조차 내지 못했다. 잠시 뒤 김남우 선생님은 다시 보통의 목소리로 돌아갔다.

"그렇게 말한 강사는 얼마간 아무 말도 없이 멈춰 있다가, 핸드폰을 꺼내서 112에 신고를 했어. 자기가 아내를 죽였고, 지금 어디에 있다고 모든 걸 자수하더라고."

"와아…"

"강사는 전화를 끊고는 아무 말 없이 가만히 교탁을 짚고 서 있었어. 강의실이 쥐죽은 듯이 조용해졌지."

"와! 진짜 무서웠겠어요, 쌤!"

아이들은 머릿속에 그 광경이 그려지는 듯, 몸서리를 치며 떠들어댔다. 한데, 김남우 선생님은 아까보다 더 심각한 얼굴이 되어 있었다.

"그런데 말이야… 그때."

"?"

"한 학생이 그 적막을 깨며 이렇게 말했어."

[수업 안 하시나요?]

"!!"

아이들은 경악한 얼굴로 믿을 수 없어 했다. 그 반응에 피식 웃은 김남우 선생님은 물었다.

"그런 말을 한 학생이 어떤 사람일까? 어떤 얼굴이라고 생각해?"
"음…"

아이들이 이해할 수 없는 얼굴을 떠올리며 대답 못 할 때, 선생님이 말했다.

"평범했어. 아주 평범한 얼굴이었어. 노량진에서 돌아다니다 보면 흔하게 볼 수 있는 그런 얼굴이었어."
"…"
"강사는 그 학생을 가만히 보다가 이렇게 말했어."

[책 펴세요.]

"와…"

"강사는 교탁에서 책을 펼치고, 수업을 시작할 준비를 했어. 그때 내가 가장 놀랐던 것은… 주변에 수많은 학생들이 책을 펼치는 소리가 들렸다는 거야."

아이들은 멍하니 할말을 잃었다.

"강사는 수업을 시작했어. 필기를 하고, 강의를 하고, 평소와 똑같이 수업을 했어. 나중에 경찰들이 와서 연행해갈 때까지 말이야."

"헐…"

"다음날, 내가 다시 학원에 갔을 때, 나는 어제와 똑같은 학생 수를 확인했어. 어제와 똑같은 교실에서, 똑같은 학생들이, 새로운 강사의 수업을 똑같은 자세로 들었지. 어제 못 다한 보충까지 열심히."

김남우 선생님은 씁쓸한 얼굴로 말했다.

"나는 무서웠어. 아무렇지도 않은 학생들이 무서웠고, 나도 그래야 한다는 현실도 무서웠고, 그게 당연한 구조도 무서웠고… 그냥 다 무서웠어."

"…"

"너희는 목숨 걸고 공부하지는 마라. 여기가 노량진도 아니잖

　　　　　　　　　　　　　김남우 선생의 노량진 이야기

아?"

　김남우 선생님은 웃으며 말했지만, 아이들은, 이번엔 그 말에
웃지 못했다.

볶음밥 인간

[마지막으로 초능력을 쓰는 방법을 알려드리겠습니다.]

지구를 방문한 외계인의 이별 선물은 아주 특별했다.

[손가락으로 '이곳'과 '이곳'을 동시에 누르고, '변신!'이라고 외치시면 됩니다. 그러면 부디, 영혼의 짝을 만날 그날을…]

사람들은 곧 외계인이 알려준 방법을 실행해보았고, 놀라운 일이 벌어졌다!

"세상에!"
"꺅!"

사람들이 변신을 외친 순간, 살아 있는 '음식'이 되어버린 것이다!

그들은 볶음밥, 라자냐, 삼계탕, 샥스핀, 치즈, 양꼬치, 족발, 라면 등등. 세상에 존재하는 음식 중 하나로 변했다. 하지만 단순한 음식이 아니었다. 인간의 형상을 유지한 상태에서 건더기나 국물이 흩어지지 않았고, 자유롭게 걷고 움직이며 생활할 수도 있었다. 변신은 10분 정도 뒤에 자동으로 풀렸는데, 언제든 다시 변신할 수 있었다. 다만, 음식은 고정이었다. 새우볶음밥으로 변신할 수 있는 사람은, 다시 변신해도 새우볶음밥이었다. 즉, 각자 고유의 음식이 있다는 것.

이 특이한 초능력은 지구를 꽤 시끌벅적하게 했는데, 모두가 가장 궁금해하던 생각은 하나였다.

"음식으로 변했을 때 먹히면 어떻게 되는 거야, 이거?"

그 질문에 대한 답은 생각보다 빨리 퍼졌다.

[음식으로 변했을 때 손을 먹히더라도 다시 인간으로 돌아가면 원래대로 복구된다. 다만 많이 먹히면 극도의 허기짐과 피로, 심할 경우엔 기절까지도 유발한다. 그래도 목숨에는 지장이 없다.]

지구상에 누가 최초로, 어떤 의도로 왜 실험해봤는지는 모르지만 그런 결과는 나돌았다. 그러자 사람들은 조심스럽게 '먹어

보기'를 시작했다.

"와, 너 손가락 진짜 족발 맛이야! 아니, 최상급 족발 맛이야!"
"얘 볶음밥 불맛 나는 것 좀 봐라! 와!"
"세상에, 네 변신 초능력이 치즈 버터 랍스터야? 사랑한다, 친구야! 한 입만!"

처음에는 손가락 하나 정도로 실험해보다가, 다시 인간이 되어도 멀쩡한 걸 확인한 뒤에는 좀 더 과감하게 시도했다. 공통된 의견은, 음식의 질이 너무나도 신선하고 최상급이라는 것.
먹는 사람이든 먹히는 사람이든 신기하고 재밌어했다. 물론 행위 자체에 거부감을 가지는 사람들도 있었지만, 대부분은 이 특이한 초능력을 즐겼다.

"야! 내 변신은 호빵이야! 호빵맨이 머리 떼주는 거 알지? 내가 해볼게! 흐흐."
"와, 페레레로쉐 초콜릿 내가 제일 좋아하는데! 너랑 결혼하면 평생 먹을 수 있겠네?"
"아, 이게 불도장이라는 거야? 나 불도장 처음 봐! 고급음식이라 좋겠다, 넌!"

재밌는 건, 음식에 등급이 있단 점이었다. 누구는 뻥튀기인데 누구는 참치 대뱃살이면? 아무래도 그 차이가 있다. 처음에는 단순한 재미에 가까웠던 이 변신 초능력은, 시간이 지날수록 여러 가지 사회 현상을 일으켰다.

가령 기업의 면접에서, 어떤 취업 준비생은 어디서든 당당하게 말할 수 있었다.

"제 초능력은 한우 꽃등심 스테이크입니다. 변신!"

"오오오!"

"저 친구 무조건 뽑아야겠는데?"

어떤 맞선 자리에서는 요구 스펙 하나가 추가되었다.

"실례지만, 초능력이 어떻게 되세요?"

"아! 그것이… 계피사탕인데요…"

"계피사탕이요? 쩝. 솔직히 말해서 아쉽군요. 다른 좋은 인연을 찾아보시길."

"뭐예요? 당신은 뭐길래!"

"저는 양갈비 프랜치랙 급입니다."

"…"

어떤 학교 폭력에서는,

"야! 피자 셔틀! 배고프니까 빨리 변신해!"

"아, 알았어. 근데 나 너무 어지러우니까 조금만 먹으면 안 될까?"

"이게 어디서! 확, 그냥! 맞기 싫으면 변신이나 해!"

"어, 어! 할게! 때리지 마! 변신!"

"(우물우물) 이번에 신입생 중에 탕수육 들어왔다며?"

"(우물우물) 잘됐네. 근데 느끼한 거 먹으니까 칼칼한 거 땡기지 않냐? 옆 반에 누가 김치찌개였더라?"

어떤 아파트 단지에서는,

"어때요? 이웃끼리 음식 나누기 계를 하는 거! 좋은 아이디어 아니에요?"

"아, 좋죠! 근데, 102호네는 음식 질이 너무 별로던데… 솔직히 번데기 같은 거 징그럽기만 하고."

"그럼, 일단 최소 참가자격을 합의해볼까요?"

어떤 불우이웃돕기에서는,

〈불우이웃을 도웁시다! 돈이 없더라도, 누구나 한쪽 손 정도는 거들 수 있습니다!〉

"어머, 세상에! 소고기 육회세요? VIP이시네! 아이고, 이렇게 도움 주셔서 정말정말 감사합니다!"

"아, 콩볶음이시라고요? 감사하지만 마음만 받겠습니다."

어떤 방송국에서는,

"저희가 이번에 데뷔시킬 신인 걸그룹은 모두 최고급 식단으로 짜여져 있습니다! 게스트로 불러주시면 어디든 고급 출장뷔페가 간다고 생각해주셔도… 하하!"

이렇듯, 초능력이 일종의 등급을 나누는 현상들이 일어났다. 경제적으로도 커다란 충격을 주었는데, 외식 문화의 몰락이라고도 할 만했다. 요리사도 필요가 없었다. 사람들 하나하나가 '개인 식당' 그 자체였으니까. 초능력이 고급인 사람은 평생 놀아도 먹고살 수 있을 정도였다. 아기가 태어나면 '엄마 아빠'란 말보다도 가장 먼저 가르치는 단어가 '변신'이었다.

"여보! 우리 애 초능력이 송로버섯 요리야!"
"진짜? 대박! 걔는 우리 집안을 일으킬 복덩이야!"

변신 초능력은 점점 인류에게 아주 중요한 역할을 하게 되었다. 하지만 모든 일에는 한도가 있는 법이다.

['변신 쇼크사'가 늘어나고 있습니다. 한 번에 너무 많은 신체를 소모했을 경우, 다시 인간으로 되돌아갔을 때 쇼크로 사망하게 되는 일인데요. 현재 알려진 바로는, 신체의 50% 이상은 절대 넘지 말아야 한다고 합니다. 전문가들은 많아도 10%만을 떼어내기를 권장합니다.]

인간이 사는 세상에 다 좋은 일만 있을 순 없었다. 범죄의 대상이 인간의 신체 그 자체가 되어버리는 일들, 인신매매를 통한 사육 같은 것 말이다.

"제발 집에 보내주세요!"
"닥치고 빨리 사료나 처먹어! 빨리 회복하지 않으면 죽는 건 너야!"
"제발요!"
"원망하려거든 네 변신 능력을 원망하던가."

치안이 좋지 않은 나라에서는 이런 식으로 무수히 많은 사람들이 납치당하고, 무리하다가 죽어나갔다. 또한, 가난한 국가에서는 국민들의 신체 자체를 수출품으로 써야만 했다. 그것이 암시장이라면, 통째로 인간을 파는 경우까지도 발생했다.

부유한 사람은 즐거웠다. 초능력으로 변신했을 때의 요리는, 그야말로 극상의 맛과 질을 유지했기 때문에 인기가 많았다. 부자들은 돈이 많으면 많을수록 집에 인간을 많이 쌓아두었다. 어떻게 보면 그것이 부의 과시가 되기도 했다. 가령 누군가를 집에 초대한다면, 인간의 이름이 적힌 메뉴판을 보여주는 거다. 그 목록이 길면 길수록 주인의 어깨는 올라갔다.

"자, 먹고 싶은 것 있으면 얼마든지 골라보게."

"흠흠. 자네 컬렉션이 꽤 늘었군. 그럼 일단 간단하게 송로버섯 수프로 시작해볼까? 푸아그라 스테이크도 좋겠군."

그러면 주인은 일부러 인간의 이름을 불러 주문했다. 재미를 위한 악취미였다.

"그거 좋지. 잠시만 기다리게. 카를로스! 짜오밍! 내 방으로 올라와!"

어떤 부자는 건강을 위해서 균형 잡힌 식단을 짜놓고 만족하기도 했다. 채소, 해산물, 육류 인간을 균형 있게 짜서 로테이션을 돌렸다. 그 담당이 된 직원들은 희비가 엇갈리기도 했다.

"난 소고기 등심이잖아. 그 회장님 식단이 정확해서 월요일이랑 금요일만 근무하면 돼."
"부럽다. 나는 잡곡밥이라서 주 7일 근무인데…"

정말 이상한 세상이었다. 이 모든 일의 시작은 외계인이다. 외계인은 도대체 왜 인간에게 이런 초능력을 알려준 것일까? 마지막에 말했던 '영혼의 짝'이라는 건 무슨 뜻일까?
그 궁금증은 몇 년 뒤에 자연스럽게 풀렸다. 어느 날, 파란 피부의 외계인들이 단체로 지구에 나타났다. 사람들은 초능력을 알려준 것에 감사를 표하고 환영해야 하는지, 혹은 그 규모를 경계해야 하는지 알 수 없었다.

수백만의 외계인들이 만면에 웃음을 띠고 우주선에서 내렸다. 그날 지구를 떠났던, 그들의 대표가 나서서 인류에게 양팔을 벌렸다.

[반갑습니다, 지구인 여러분. 여러분과 저희는 영혼의 짝입니다.]
"그게 무슨 말입니까?"

지켜보는 사람들의 얼굴에 궁금증이 떠오를 때, 외계인들은 설명보다는 행동으로 보여주었다.

[변신!]

수백만의 외계인들이 일제히 변신했다. 숟가락, 젓가락, 접시, 포크, 나이프, 국자, 그릇, 티스푼… 수많은 식기로.

그리고 하늘 위로 반투명한 거대한 손들이 나타나 식기들을 쥐었다.

인류는 떨었다. 설마, 이 불안한 상상이 제발 맞지 않기를…

볶음밥 인간

모닥불에 모인 사정들

타닥… 틱… 타닥…

어두운 산속의 밤. 두 사내가 모닥불을 중심으로 앉아 있다.

말이 없던 두 사람의 고개가 인기척을 느끼며 한쪽으로 향하고, 그곳에서 등장한 다른 사내가 말했다.

"산에서 불 지피는 거 불법 아닙니까?"

등장한 사내는 30대로 보이는, 수염 덥수룩한 남자였다. 그의 말에, 앉아 있던 사내 중 마른 말상 사내가 대꾸했다.

"그렇다고 얼어 죽을 순 없지 않소?"

마찬가지로 비슷한 연배로 보이는, 맞은편 퉁퉁하게 생긴 사
내가 맞장구쳤다.

"옳구 말구! 산불이야 머저리들이나 내는 거지! 크흠!"
"그럼 저도 불 좀 빌립시다."

　　허락 맡고 할 것도 없이, 수염 사내가 모닥불 주변에 털썩 주
저앉았다. 그리고는 둘을 향해 거침없이 물었다.

"두 분은 무슨 일로 이 깊은 산속에 들어들 오셨습니까?"

　　둘에게선 곧바로 대답이 나오지 않았는데, 마른 말상 사내가
나뭇가지로 모닥불을 뒤적여 불꽃이 솟게 만든 뒤에야 무심하
게 대답했다.

"그냥 약초나 좀 캐보려다가 길을 잃었소. 이 야밤에 나섰다
가 괜히 발을 헛디뎌 떨어져 죽을지도 모르니, 날 밝으면 내려가
려고 이러고 있소."

　　고개를 끄덕인 수염 사내가, 이번엔 퉁퉁한 사내에게 시선을
주며 물었다.

"두 분이 함께?"

　　　　　　　　　　　　　　　　　모닥불에 모인 사정들

퉁퉁한 사내는 히죽 웃으며 말했다.

"아니, 모르는 사이요. 나도 약초나 캐려다 산에서 길을 잃었는데, 불빛이 보이길래 이리 온 거요. 크흠."
"아, 그렇습니까."

수염 사내가 고개를 끄덕였다. 마른 말상 사내가 그에게 툭, 물었다.

"선생은 무슨 일로 이 깊은 산 속에 들어오셨소?"
"아, 저는…"

수염 사내는 잠시, 모닥불을 지그시 바라보며 말을 멈추었다가 어렵게 입을 열었다.

"1년 전에… 이 산에서 한 여자애가 죽었습니다."
"으음."

다시 말을 멈추고, 잠시 모닥불을 바라보던 수염 사내가 무심하게 뒷말을 붙였다.

"제 딸이었습니다."

"크흠!"

"음…"

마른 말상 사내가 괜히 막대기로 모닥불을 뒤적였다. 퉁퉁한 사내는 씁쓸한 얼굴로 머리를 긁으며 위로했다.

"그거 참 유감이구려. 자식의 죽음을 보는 심정은 정말… 쩝!"

"어쩔 수 없지요. 타고난 명이 그리 짧았다는데야."

수염 사내는 이미 슬픔의 단계를 넘어선 듯 무덤덤했다. 그때, 마른 말상 사내가 말했다.

"사람의 명이란 게 참 야속하오. 인명은 재천이라, 사람의 힘으로 어쩔 도리가 없으니."

"…"

"슬픈 일이오. 하늘이 정해준 명이 있다지만, 벗어나고자 백방으로 노력하는 게 사람일진데. 모든 걸 다 바친 그 노력이 무의미하다니 말이오."

"크흠."

마른 말상 사내는 다시 한 번 모닥불을 뒤적인 뒤 말했다.

"내 얘기를 좀 들어보겠소?"

모닥불에 모인 사정들

다른 두 사람은 침묵으로 긍정했고, 마른 말상 사내가 이야기를 시작했다.

"내가 어릴 적, 내 아버지는 폐병을 앓고 계셨소. 내가 철이 들 무렵에는 그 경과가 과하여, 언제 죽어도 이상하지 않을 정도였지. 약도 무소용, 병원도 무소용이었지만, 아버지와 어머니는 포기하지 않았소. 이 방법 저 방법 다 쓰다가, 종국에는 용하다는 무당까지 찾아갔지. 그 무당이 그랬소."

[네가 어릴 적 신내림을 거부해서 그런 거야! 신내림을 받아야 살 수 있어!]

"신기한 일이지만, 실제로 아버지는 어릴 적에 신내림을 거부했던 일이 있었던 거요. 놀란 아버지가 이제 와 무당의 말대로 신내림을 받으려 했더니, 몸이 쇠하여 불가능했소. 그때 무당이 말했소."

[너는 안 되지만, 네 아들이 대신 받을 수 있는 방법이 있다. 다만…]

마른 말상 사내는 말을 멈췄고, 다른 이들은 궁금한 표정으로 기다렸다. 그는 모닥불에 나뭇가지 하나를 넣어 불길을 살리며 말을 이었다.

[네 아들은 평생 이 사당에서 신을 모셔야 한다! 평생 이 산을 벗어날 수 없을 것이야!]

"그 산이 바로 이 산이오."
"아."
"크흠."

마른 말상 사내는 무덤덤하게 새로 넣은 나뭇가지를 뒤적이며 말을 이었다.

"내 부모는 갈등했소. 아비를 살리자고 아들을 평생 산속에 갇혀 살게 해야 하는지? 그래도, 내가 하겠다고 나섰소. 그랬지. 누구라도 안 그랬겠소?"
"크흠."
"아버지는 갈등했지만, 내가 꼭 받겠다고 매달려서 허락을 받았소. 그래서 나는 이 산속 사당에서 신내림을 받기 위한 7일제를 지냈소. 한데…"
"한데?"
"7일째 되는 날, 아버지가 사당으로 쳐들어왔소."

[가자! 다 필요 없다! 내가 아들을 팔아 살아봐야 뭘 하겠느냐? 차

라리 죽을지언정 그럴 순 없다!]

"아버지는 울며불며 매달리는 나를 억지로 데리고 돌아왔소. 그리고는 한 달을 채우지 못하고 괴롭게 돌아가셨지."

"크흠."

"아버지는 정말 괴롭게, 정말로 괴롭게 돌아가셨소. 지금도 그 모습이 생생하게 기억이 날 정도로… 그래서 나는 가끔, 궁금해지곤 하오. 괴롭게 숨을 거두시던 그날, 아버지는 후회하셨을까? 산에서 나를 데리고 내려온 것을 후회하셨을까?"

"…"

"어떨 것 같소?"

마른 말상 사내의 시선이 대답을 기다리는 듯, 통통한 사내에게로 향했다. 통통한 사내는 심각한 얼굴로 모닥불을 바라보다가, 대답 대신 다른 말을 꺼냈다.

"내 얘기를 한 번 들어보겠소?"

두 사내가 시선으로 긍정했고, 이번엔 통통한 사내가 이야기를 시작했다.

"내 딸아이가 지금 병원에 누워 있는데. 얼마 못 살 거요. 유일하게 살 방법은 장기이식뿐인데, 이식자를 찾을 수가 없더군. 차라리 나도 댁처럼 신내림을 받아서 내 딸이 나을 수만 있다면, 백번이라도 받았을 텐데. 크흠."

"…"

"난 정말 최선을 다했지. 인명은 재천이라고? 홍, 웃기는 소리! 그건 죽을힘을 다해 노력하지 않은 사람들의 변명이지! 난 내 딸을 살릴 수만 있다면 하늘도 엎을 각오로, 할 수 있는 모든 걸 다 했다 이 말이오!"

"으음."

"그래서 결국 내가 찾은 그 방법이…"

통통한 사내는 잠시 말을 멈추고 모닥불을 쳐다보다가, 무겁게 입을 열었다.

"불법 장기이식이었소."

"아!"

통통한 사내는 마른 말상 사내를 바라보며 말했다.

"아까의 질문에 대답해드리지. 댁의 아버지께선 죽는 순간까지도 절대 그 선택을 후회하지 않았을 거요. 만약 다른 선택으로 여태껏 살아 있었다면, 평생을 후회하는 삶이었겠지."

"…"

"내 심정이 지금 그렇소. 지금 내 딸을 살리지 못하면 평생을 후회하고 살까 봐, 할 수 있는 모든 걸 하려는 거요. 그것이 불법 장기이식이든 뭐든 간에!"

격하게 말하는 통통한 사내의 표정은 진실로 각오에 차 있어, 다른 둘에게도 그 감정이 그대로 전해졌다.

"그런데 불법 장기이식이란 게 어떤 식으로 이루어지는지도 몰랐지. 백방으로 알아보고 나서야, 겨우겨우 그와 접촉했더니, 날을 정해주더구려. 오늘 밤 이 산으로 오면 장기를 건네주겠다고 말이오. 그래서… 내 솔직히 말하겠소."

통통한 사내는 정색하고 두 사람을 번갈아보았다.

"나는 두 사람 중의 한 사람이 나와 약속한 그라고 생각하고 있소. 누구요? 두 사람 중, 누가 내게 장기를 가져다줄 사람이오?"

통통한 사내를 바라보는 두 사람의 얼굴이 복잡해졌다.

"솔직히 말해서, 나는 시간이 없소! 조심스럽게 알아볼 것도 없고, 이것저것 잴 시간도 없소! 이제 그만 뜸 들이지 말고, 말해주시오! 누구요? 누가 내게 장기를 줄 사람이란 말이오!"

통통한 사내는 상기된 얼굴로 두 사람을 노려보며 대답을 요구했다. 그때, 말이 없던 두 사람 중에 수염 사내의 입이 열렸고, 뜬금없는 말이 튀어나왔다.

"두 분이 얘기를 하셨으니, 이번엔 제 얘기를 들어보겠습니까?"
"무슨!"

통통한 사내가 잠깐 인상을 찌푸렸지만, 생각을 해보고는 입을 다물어 이야기를 기다렸다. 수염 사내는 무덤덤하게 이야기를 시작했다.

"1년 전에 제 딸아이가 이 산에서 죽었다고 했지요?"
"…"
"딸아이가 죽어 있는 모습이 참, 희한했습니다. 이만한 소나무에 손발이 묶인 채 밧줄로 칭칭 감겨 있었는데… 눈이 없었습니다."
"…"
"안구와 장기가 적출되어 있었단 말입니다."
"뭣!"

통통한 사내의 눈이 놀라 커졌다! 그의 머릿속으로 설마 하는 생각들이 빠르게 떠올랐다! 수염 사내가 그를 노려보며 말했다.

"추정하건데, 인신매매에 의한 불법 장기밀매… 제 딸은 그 이유로 죽은 것이겠죠."

통통한 사내의 얼굴이 급격하게 굳었다. 수염 사내는 눈시울이 점차 붉어지며 말을 이었다.

"제 딸은 정말로 착했습니다. 말썽 한 번 부린 적 없고. 또 피아노를 참 잘 쳐서, 학예회에서 피아노로 상을 타기도 했습니다. 그깟 작은 동네 학원의 상일 뿐인데도, 우리 가족들은 그걸로 얼마나 기뻐했었는지. 지금도 눈에 선하군요."
"…"
"하…"

텅 뚫린 듯한 웃음을 흘린 수염 사내가, 통통한 사내를 똑바로 노려보며 물었다.

"불법 장기이식이란 그런 겁니다. 누군가 다른 사람의 희생을 통해 이루어지는 겁니다. 그런데도 당신은 불법 장기이식을 하고 싶습니까? 누군가에겐 억울한 죽음을… 그 가족들에겐 끝없는 절망을 남기는 그것을 말입니다."

통통한 사내는 대답을 못 하고 모닥불만 내려다보았다. 한참 뒤에 그가 작게 중얼거렸다.

"내 딸은 피아노를 못 칩니다."

"…"

"공부도 못하고, 착하지도 않아 말을 잘 듣지도 않지. 거짓말을 입에 달고 다니고, 내 지갑에 손을 대는 일도 다반사였소."

"…"

"그래도… 그래도 난 내 딸을 살리고 싶소! 지지리도 말을 안 듣는 내 딸이지만, 뭐 하나 잘하는 것 없는 내 딸이지만, 그래도 내 딸이잖소?"

고개를 든 그의 눈에서 눈물이 흐르고 있었다.

"그게 누군가가 희생돼야 하는 일일지라도! 난… 난, 정말 어쩔 수 없소! 내가 그 모든 죄를 다 뒤집어쓰고, 내가 그들에게 돌로 쳐 맞아 죽고! 내가 지옥에 떨어지는 한이 있어도!! 내 딸은… 살리고 싶소…"

통통한 사내의 울부짖음에, 수염 사내는 알 수 없을 복잡한 얼굴로 그를 바라보았다.

울먹이며 말하던 통통한 사내는 고갤 돌려, 옆에 있던 마른 말상 사내를 향해 처절하게 소리쳤다!

"당신이오? 그렇다면 당신이 그 장기밀매범이오!"

"…"

"돈을 준비해왔소! 장기를 주시오! 만약 저기 저 남자가 당신을 위협한다면, 내 몸을 바쳐 막으리다! 아니, 내가 당신 몫까지 대신 죽어드리리다! 어서 내 딸을 구할 장기를 주시오!"

통통한 사내가 벌떡 일어나며 말했지만, 마른 말상 사내는 묵묵히 나뭇가지로 모닥불만 뒤적거렸다.

"이보시오! 어서 대답하시오! 당신이 맞소, 아니오?"

통통한 사내는 당장에라도 그에게 달려들어 먹살이라도 잡을 기세였는데, 뜻밖에도 대답은 마른 말상 사내가 아닌 수염 사내에게서 나왔다.

"그는 장기밀매범이 아닙니다."

통통한 사내가 고개를 돌려서 보니, 수염 사내가 붉어진 눈시울로 이를 악물고 있었다. 통통한 사내를 노려보던 그는 곧, 무언가 무슨 말을 하려고 입을 열었다가, 다물어버렸다. 통통한 사내가 일그러진 얼굴로 되물었다.

"이 작자가 아니라고?"

수염 사내는 여전히 통통한 사내를 노려볼 뿐, 무슨 말을 하고 싶은 건지 어떤 건지, 쉽사리 말이 새어 나오지 않는 얼굴이다.

통통한 사내는 날뛸 것 같은 몸짓으로 소리쳤다.

"이 작자가 아니면, 그는 어디 있단 말이오!"

수염 사내는 붉어진 눈시울로 통통한 사내를 가만히 노려보기만 했다. 옆에 있던 마른 말상 사내도 말없이 모닥불만 뒤적거렸다.

둘의 모습에 답답해하던 통통한 사내가 무어라 더 소리치려던 그때, 드디어 수염 사내의 입이 열렸다.

"당신을 아직 용서할 수 없겠습니다. 하지만… 당신을 이해는 할 수 있을 것 같습니다. 당신도… 나처럼 딸을 너무 사랑하는 아버지였으니까."

정말 겨우 꺼낸 듯한 그 말 속에서 고통이 느껴졌다. 비록 통통한 사내는 그 말이 무슨 뜻인지 모르는 표정이었지만.

의뭉스러운 얼굴의 통통한 사내가 다시 입을 열려던 그때, 계속 조용히 있던 마른 말상 사내가 말했다.

"1년 전 오늘. 이곳에서 한 사람이 더 죽었소."

통통한 사내의 고개가 그를 향해 돌아가고, 마른 말상 사내가 말을 이었다.

"그는 어두운 밤에 급하게 산을 오르다, 발을 헛디뎌 떨어져 죽었소."
"!"
"그가 죽은 근처에서 저 친구의 딸이 발견됐소."
"뭐?"

통통한 사내의 표정이 흔들렸다. 마른 말상 사내가 그런 그를 바라보며 말했다.

"경찰은 두 시체의 연관성을 조사했지만, 아무것도 나오지 않았소. 혹, 사내가 장기밀매범일까 싶어서 조사를 계속하다가, 뜻밖의 사실이 밝혀졌소. 그 죽은 사내의 딸이 병원에 입원해 있었고, 급히 이식할 장기가 필요하다는 사실이 말이오."
"아…? 아아… 아아아…!"

통통한 사내의 눈이 사정없이 흔들렸다! 뒤통수를 한 대 얻어맞은 것 같은 충격과 함께, 모든 기억이 파노라마처럼 스쳐갔다!

숨차게 산을 오르던 자신의 모습, 비탈길을 오르다 미끄러져 세상이 돌아가던 모습, 피를 흘리며 쓰러져 죽어가던 그 모습까지!

[아! 안…돼! 우리 딸!]

털썩 쓰러지듯 통통한 사내가 주저앉았다. 다른 두 사람은 모닥불 너머 복잡한 눈빛으로 그를 보았다.
충격으로 말을 잃었던 통통한 사내는 곧, 퍼뜩 정신을 차렸다!

[내, 내 딸… 내 딸은? 내 딸은!]

통통한 사내가 두 사람을 황급히 돌아보며 물었다!

[내 딸은 어떻게 됐습니까? 내 딸… 내 딸은요! 내 딸은 지금…]

통통한 사내의 얼굴은 간절했고, 겁이 가득했고, 터질 것처럼 격앙되어 있었다.
지켜보던 마른 말상 사내가 대답해주기 위해 입을 열었는데, 그보다 수염 사내의 말이 빨랐다.

"살아 있습니다."

마른 말상 사내가 미간을 좁히며 그를 돌아보았다. 통통한 사내는 그 말을 듣자마자 크게 감격하여 눈이 커졌다.

[아! 아아! 정말입니까? 정말, 정말로 살아 있습니까?]
"…당신의 딸은 다른 기증자가 나타나서, 지금 건강히 잘 살아 있습니다."
[아아!]

통통한 사내는 울며불며, 벌떡 일어나 큰절했다.

[감사합니다! 정말 감사합니다! 정말로 감사합니다!]

그런 그의 모습을 두 사람이 가만히 내려다보았다. 통통한 사내는 다시, 머리가 땅바닥에 닿을 정도로 연신 숙이며 사과했다.

[그리고 죄송합니다! 정말 죄송합니다! 죄송합니다! 죄송합니다!]

수염 사내는 말없이, 복잡한 얼굴로 그 모습을 쳐다보았다. 곧, 옆에 있던 마른 말상 사내가 말했다.

"이제 곧 동이 틀 것이오. 그만, 가시오. 이제 그만 이곳을 헤매고… 가시오."

그 말에 통통한 사내는 무릎을 꿇고, 마지막으로 수염 사내를 바라보며 진심으로 말했다.

[지옥에서도 못 갚을 이 죗값, 천년이고 만년이고 잊지 않겠습니다. 그곳에서 영원히 따님을 위해 기원하겠습니다! 죄송합니다! 정말 죄송합니다!]

날이 밝자, 통통한 사내의 몸이 서서히 사라졌다.

"…"

마른 말상 사내가 자리를 털고 일어나, 모닥불이 있던 자리에 가득한 향의 찌꺼기들을 발로 흩트렸다.

딸랑!

그는 무당 방울을 흔들며, 통통한 사내가 있었던 자리를 향해 묵례했다. 그러고 나서, 수염 사내를 돌아보며 물었다.

"어찌 그리 말해주었소?"
"…"

수염 사내는 한참을 말이 없다가, 돌아서며 말했다.

“그냥… 그를 향한 내 마지막 복수라 생각하고 그랬습니다.”

“…”

산을 내려가는 수염 사내의 뒷모습을 가만히 바라보던 마른 말상 사내가 혼자 중얼거렸다.

“그것은 복수가 아니라 용서라 부르는 것이오.”

두 사람이 떠나간 자리, 남겨진 향의 찌꺼기들이 바람에 날려 흩어졌다.

김남우 선생님의 층간 소음 이야기

    김남우 선생님의 과외는 재미있다.

    나랑 나이 차이가 별로 안 나서 그런가, 정말로 친구 같은 선생님이다. 솔직히 나 같은 꼴통이 과외 시간을 괴로워하지 않는 것만으로도 김남우 선생님은 칭찬받아 마땅했다.

    "으, 덥다! 쌤! 여름인데 무서운 이야기 하나만 해주세요."

    "무서운 이야기? 흠…"

    내가 이런 말을 했을 때 공부나 하자는 말 대신, 생각에 잠기는 선생님의 얼굴이 좋았다.

    김남우 선생님은 무언가를 떠올린 듯, 펜을 내려놓았다. 나 역시 펜을 내려놓고 자세를 고쳐 앉았다.

"이거, 진짜 우리 집에서 있었던 실화야. 거짓말이 아니라 정말로 실화."

"네!"

"선생님이 고등학생일 때 아파트 7층에 살았거든? 근데 그 아파트가 층간 소음이 좀 심했어. 특히 위층 애들이 너무 많이 뛰어다니니까, 이게 장난이 아닌 거야."

"예."

"참다 참다가 엄마가 8층에 항의하러 올라갔어. 8층 아주머니가 죄송하다고, 주의하겠다고 말은 하는데 그게 딱 그때뿐인 거지. 며칠 지나면 또 쿵쿵거리는 거야. 그래서 엄마가 몇 번을 더 올라갔어. 그 집도 처음에는 미안한 척이라도 하더니, 나중에 가서는 뭐 어쩔 수 없다는 식으로, 이해를 강요하듯이 말하는 거야. '우리가 미안하긴 한데, 이해를 좀…' 뭔지 알겠지?"

"예, 알죠."

"결국 욕설까지 오갈 정도로 윗집이랑 사이가 나빠졌어. 9층이 이사 가면 우리가 거기로 들어가자는 말까지 진지하게 했을 정도였으니까. 그러던 어느 날…"

갑자기 김남우 선생님이 목소리를 낮추었다.

"밤에 야자를 마치고 왔더니, 엄마가 8층에 올라갈 채비를 하고 있더라고. 며칠 좀 조용하다 했더니 위층 애들이 또 엄청 뛰어다녔나 봐. 이번에는 나도 따라 올라갔어. 엄마한테 힘 좀 실어주려고 말이야. 8층에 도착하자마자 엄마가 신경질적으로 벨을 마구 누르더라."

떵동! 떵동 떵동 떵동!

"조금 뒤에 문이 열리자마자, 엄마가 그 아주머니한테 막 쏘아붙였어."

[아니, 몇 번을 말해야 알아들어요? 이 밤에 애들이 자꾸 뛰어다니면 어쩌자는 거예요? 애들 안 재워요? 제발 애들 좀 못 뛰게 하라고요!]

"그런데 그 아주머니 얼굴이 사색이 되더니, 갑자기 우리 엄마 팔을 붙잡고 매달리면서 이렇게 말하는 거야!"

[저, 정말 우리 애들 뛰는 소리가 들렸어요? 우리 애들이 지금 여기서 뛰었어요? 정말 그랬어요? 우리 애들이 여기 있어요? 정말이에요?]

"아주머니 표정이 혼이 나간 듯 보였는데, 자세히 보니까 머리도 산발이고 상태가 좀 이상하더라고? 그러거나 말거나 엄마는 짜증이 나서 소리쳤어."

김남우 선생님의 충간 소음 이야기

[그래요! 그러니까 애들 좀 뛰게 하지 말라고요! 어찌나 쿵쿵 뛰어다니는지, 시끄러워서 못살겠네, 진짜!]

"그랬더니 아주머니가 갑자기 눈물을 줄줄 흘리더라고. 막 애들 이름 부르면서 집으로 뛰어 들어가고 말이야… 알고 봤더니, 그 집 애들이 며칠 전에 교통사고로 다 죽어버렸던 거야. 이제 그 집에는 쿵쿵거리며 뛰어놀 아이들이 없었던 거지."
"헉!"

나는 순간적으로 온몸에 소름이 돋았다.

"그 집 아저씨가 나와서 사정을 설명하는데, 안쪽에서 아주머니는 애들 이름 부르며 울고… 나랑 엄마랑 소름 돋아서 바로 집으로 내려왔잖아."

[어, 엄마! 진짜 애들이 쿵쿵 뛰었어?]
[그렇다니까.]

"진짜 무섭더라. 집에 들어갔다가 혹시 또 애들 뛰는 소리가 들리면 어떡하나 겁날 정도였어."

듣는 나도 정말 무서워져서 팔뚝을 쓰다듬었다. 그런 내 모습을 가만히 지켜보던 김남우 선생님의 얼굴이 갑자기 무표정해졌다.

"그런데 말이야… 내가 더 소름 돋았던 게 뭔지 알아?"
"네? 뭔데요?"
"집에 돌아와서 엄마는 바로 화장실로 가고, 나는 거실에 있는 아빠한테 가서 호들갑을 떨었거든?"

[아빠! 진짜 소름 돋아! 세상에, 윗집 얘기 들었어?]

"그랬더니, 그때 아빠가 그러더라."

[어, 낮에 네 엄마가 말해줬어. 윗집 애들 죽었다면서? 쯧. 요즘 안 보인다 했더니.]

"네?"
"엄마는 이미 낮에 소식을 들어서 알고 있었던 거야. 알면서도 모른 척 올라가서 그렇게 거짓말을 한 거지. 댁의 애들이 쿵쿵거려서 시끄러우니까 조용히 좀 시켜달라고… 그게 우리 엄마의 복수였나 봐. 소름 돋지?"
"…"

온몸의 솜털이 곤두설 정도로 소름이 돋았다. 어떻게 반응해야 할지도 알 수 없었다. 선생님의 어머니 이야기니까.

선생님은 담담하게 나를 바라보았다.

"그때 화장실에 들어간 엄마의 표정이 어땠을지, 난 상상할 수도 없어. 하지만 그날 깨달은 게 있지."

선생님은 내 눈을 가만히 바라보았다.

"내가 사랑하는 가족이 실은 좋은 사람은 아닐 수도 있다는 것. 콩깍지를 벗고 보면, 누군가에게는 끔찍한 사람일 수도 있다는 것."
"아…"

무덤덤한 선생님의 표정 앞에 나는 아무 말도 할 수 없었다.
핸드폰 시계를 힐끔 확인한 선생님은, 내친김에 책을 정리했다. 과외 시간은 아직 10분이나 남아 있었는데.
필기구까지 다 정리한 선생님이 충격적인 말을 했다.

"오늘이 선생님 마지막 수업이야."
"네?"

처음 듣는 이야기에 깜짝 놀랐다.

"예, 쌤? 갑자기 왜요? 싫어요, 쌤! 아, 왜요!"

선생님은 그저 웃을 뿐, 더 설명하지 않고 가방을 챙겼다. 그러고는 내 머리를 한 번 쓰다듬더니 우리 집을 나섰다.

도저히 이해할 수 없었던 나는 당장 엄마에게 달려가 따지듯 물었고, 엄마는 이렇게 답했다.

"아, 선생님이 너무 바쁘시다네? 어쩔 수 없지. 그 대신에 엄마가 K대 다니는 선생님을 새로 구했거든? K대는 명문이니까 더 잘 가르쳐주실 거야. 잘됐지?"

아무렇지도 않게 웃으며 말하는 엄마를, 나는 복잡한 얼굴로 가만히 바라보았다. 선생님이 들려줬던 이야기를 곱씹으면서.

목숨을 구할 때마다 젊어지는 계약

나이 서른, 사내는 자살하기로 결심했다. 불어난 사채 빚을 감당할 수 없었고, 인생에 미래도 보이지 않았다. 도망치고 싶은 마음뿐이었다.

사내는 시내의 고층 건물들을 두루 돌아다니다가, 옥상 문이 잠기지 않은 어느 건물의 옥상에 올랐다. 난간 위에 올라서니 조금 망설여지기도 했지만, 그래도 심호흡을 하며 몸을 던질 준비를 했다. 한데 그때,

"잠깐만!"

급히 나타난 한 중년의 남자가 사내를 말렸다.

"드디어 찾았어! 잠깐만요! 잠깐만! 뛰지 마세요! 죽으면 안

됩니다!"

　중년의 남자가 양손을 내저으며 사내에게 다가갔고, 사내는 뒤를 돌아보며 경고했다.

"가까이 오지 마요!"
"예! 예! 안 갑니다! 잠시 얘기만 합시다, 얘기만!"

　남자는 사내를 안심시키며 침착하게 이야기했다.

"진정하시고, 다시 한 번 생각하세요. 죽으면 안 됩니다."
"말려도 소용없어요. 저는 이미 마음을 굳혔습니다."

　사내의 태도는 단호했지만, 남자는 필사적으로 고개를 흔들며 사내를 말렸다.

"아이고, 제발 가족과 친지를 생각하십시오!"
"어차피 가족이라고는 할머니밖에 없습니다. 친구들도 그렇고, 오히려 제가 죽는 것이 모두에게 도움이 될 겁니다. 그럼 전 이만…"
"아이고 아이고! 잠깐만! 진정 좀 하시고! 제발요! 지금 정신적으로 너무 지치셔서 그런 겁니다! 어디 가서 식사라도 하시죠? 소고기! 제가 소고기를 사드리겠습니다! 제발 죽지 마세

　　　　　　　　목숨을 구할 때마다 젊어지는 계약

요!"

　사내가 보기에 남자의 간절함은 진심 같았다. 처음 보는 사람을 위해 이렇게까지 진심으로 걱정해주다니. 조금이지만 미안한 감정이 싹텄다.

　"죄송하지만, 저는 이미 마음의 결정을 내렸습니다."
　"아이고, 왜 이러십니까! 목숨을 중히 여기세요! 제발 부탁드립니다!"
　"죄송하지만 이제…"

　사내가 사과하며 뒤돌자, 남자가 화들짝 놀라 크게 외쳤다.

　"잠깐만요! 아니, 무슨 일 때문에 그러십니까? 왜 죽으려고 하시는 겁니까? 사연 정도는 들려줘야 하지 않겠습니까, 예?"

　다시 몸을 돌린 사내가 미간을 찌푸렸다.

　"어차피 죽을 건데 그게 다 무슨 소용이 있습니까?"
　"아닙니다, 아니고 말고요. 제가 도움이 될 수 있을지 어떻게 압니까? 예, 무슨 일인지 모르겠지만 제가 도울 수 있는 일이라면 뭐든지 돕겠습니다! 억울한 일이십니까? 무슨 사연이 있길래 목숨을 버리려고 하십니까! 일단 얘기나 해보시죠, 예?"

사내는 망설이다가, 간략하게 말했다.

"누굴 탓할 것도 아니고 다 제 잘못입니다. 방탕하게 쓴 사채를 감당할 수가 없어서 죽는 겁니다. 그러니, 저 같은 사람 살리자고 그렇게 애쓰지 않으셔도 됩니다."

사내는 다시 돌아서서 뛰어내릴 자세를 잡았다. 한데,

"잠깐 잠깐! 얼마입니까? 그 빚이 모두 얼마입니까?"
"알아서 뭐합니까?"
"제가 그 돈 해결해드리겠습니다! 얼마입니까?"

남자를 쳐다보는 사내의 얼굴이 묘하게 일그러졌다.

"아니요. 그렇게까지 하지 않으셔도 됩니다. 마음은 감사하지만…"
"제가 갚아드린다니까요! 진짜! 그러니까 죽지 마세요, 예?"
"…"
"얼마입니까? 얼마인지만 말씀해보세요. 모두 얼마입니까?"

사내는 우물쭈물하다가 작은 목소리로 말했다.

목숨을 구할 때마다 젊어지는 계약

"8천입니다. 신경 쓰지 마세요."

"제가 드리죠!"

"네?"

"8천만 원이라고요? 제가 갚아드릴게요! 그러니 죽지 마십시오! 예? 제발 죽지 마세요!"

"…"

사내는 미간을 찌푸리며 중년 남자를 가만히 바라보았다.

"정말 좋은 분이시네요. 말씀은 고맙지만, 이미 전 결정을 내렸습니다."

"거짓말 아닙니다! 진짜로 갚아드린다니까!"

중년 남자가 필사적으로 말했지만, 사내는 고개를 흔들었다. 상식적으로 그가 8천만 원 빚을 대신 갚아줄 이유가 없었다. 사내는 망설임 없이 돌아섰다.

그 순간, 남자가 소리쳤다!

"잠깐! 지금 이체합니다! 저 지금 핸드폰 꺼냈습니다! 지금 계좌이체합니다!"

돌아선 사내의 눈에, 정말로 핸드폰을 꺼내는 남자의 모습이 보였다. 남자는 이때다 싶어 얼른 말했다.

"계좌번호 불러주세요! 8천만 원, 바로 보내드리겠습니다! 예?"

사내의 눈빛이 흔들렸다. 정말인가? 저 모습은… 정말일까?

"아이, 정말입니다! 일단 계좌번호 좀 알려주세요!"

흔들리는 눈빛으로 한참을 망설이던 사내가, 믿거나 말거나 하는 마음으로 계좌번호를 불러주었다. 그러자, 남자가 곧바로 스마트폰을 조작했다.

"잠시만요! 잠시만!"
"어?"

사내는 설마 하는 심정으로 그 모습을 지켜보다가 두 눈을 부릅떴다!
그의 주머니 속 핸드폰이 울린 것이다. 핸드폰에는 은행에서 날아온 입금 문자가 찍혀 있었다.

"이럴… 이럴 수가!"
"됐습니까? 8천 확인하셨죠? 그 돈으로 사채 빚 갚으시고, 죽지 마세요!"
"어떻게, 어떻게 이럴 수가!"

목숨을 구할 때마다 젊어지는 계약

사내는 믿을 수 없다는 눈으로 남자를 바라보다가, 난간 안쪽으로 내려섰다.

"정말, 정말로 이 돈을 써도 된다는 말입니까?"
"그럼요! 얼마든지요! 저 돈 많습니다. 부담 없이 쓰세요!"
"아… 아니, 어떻게… 아…"

사내는 감격에 떨었다. 그 모습을 지켜보던 중년의 남자가 급하게 말했다.

"혹시 제가 나중에라도 돈을 돌려 달라고 하면 어떡하나 걱정하실 수도 있으니, 저는 지금 돌아가겠습니다! 그럼 행복하시길!"

그는 정말로 곧장 뒤돌아 달려갔다. 그게 더 사내에게는 충격이었다. 멍하니 남자의 뒷모습을 바라보던 사내는 퍼뜩 정신을 차리고서 쫓아 달렸다!

"선생님! 선생님, 감사합니다! 선생님!"

사내는 은인에게 제대로 감사 인사를 드리고 싶었다. 한데, 앞서가던 중년 남자는 한사코 손을 저으며 소리쳤다.

"아뇨! 괜찮으니까 따라오지 마세요!"

"아니요, 선생님! 이 은혜를 도대체 어떻게 갚아야 할지… 선생님, 감사합니다!"

"따라오지 마세요! 괜찮습니다. 따라오지 마세요!"

중년 남자는 계단을 내려가며 계속해서 따라오지 말라고 했지만, 사내는 그럴 수 없었다. 당장 남자를 붙잡고서 큰절이라도 올리고 싶었다.

"선생님!"

"괜찮다니까요! 따라오지 마세요! 괜찮아요!"

남자는 이상하다 싶을 정도로 감사 인사를 거부했다. 격정에 빠진 사내는 눈치채지 못했지만, 확실히 남자의 태도에는 이상한 데가 있었다.

"선생님! 부탁드립니다! 식사라도 대접하겠습니다!"

"아, 아니, 괜찮다니까, 진짜!"

"선생님!"

기필코 남자를 붙잡고 말겠다는 의지로 사내는 날듯이 계단을 뛰어내렸고, 결국 남자를 붙잡아 세우는 데 성공했다. 한데,

목숨을 구할 때마다 젊어지는 계약

"헉?"

"이런 씨!"

사내는 경악했다.

글쎄, 조금 전까지 나이 오십은 되어 보이던 남자가, 앳된 청년이 되어 있는 게 아닌가?

"이게 어떻게 된…"

"으…"

곤란한 표정의 중년 남자가, 아니, 청년이 한숨을 내쉬었다.

"들켜버렸군요. 어쩔 수 없이 설명해드릴 수밖에 없겠네요."

"네?"

"실은, 제가 얼마 전 생명의 신과 계약을 맺었습니다."

"예?"

"그와 계약한 저는, 누군가의 목숨을 구하면 그 사람의 나이만큼 젊어질 수 있게 되었습니다."

사내는 그의 황당한 말에 어이가 없었다. 하지만 동시에, 자신이 직접 목격한 그의 회춘도 믿을 수 없었다. 그러고 보니, 남자의 모습이 딱 자신의 나이인 서른 살만큼 젊어진 것 같았다. 그렇게 생각하면 남자가 그렇게까지 애썼던 이유도 이해가 갔다. 30년의 젊음에 비하면 8천만 원쯤은 아무것도 아니겠지!

"누군가의 목숨을 구할 기회가 정말로 흔치 않습니다. 그래서 당신이 옥상 난간에 다가서는 모습을 보자마자…"

중년이었던 청년의 설명을 듣는 동안 사내는 흥분이 점점 가라앉으면서, 한 가지 결론에 다다랐다. 이 사람의 주장은 진짜구나! 그렇다면,

"저도 그 생명의 신과 계약을 하고 싶습니다!"

.
.
.

사내는 그의 소개로 생명의 신과 계약을 맺었다. 몇 가지 주의 사항이 있었지만, 당연히 감수할 수 있었다.

"생명의 신은 절대적인 생명력을 줍니다. 당신은 이제부터 영원히 죽지 않습니다. 하지만 주의하세요! 당신이 사람의 목숨을 살리는 게 아니라 죽게 되면, 반대로 그만큼 나이를 먹을 겁니다."

사내는 어차피 살인을 할 생각 따윈 없었으니 상관없었다.

　　　　　　　목숨을 구할 때마다 젊어지는 계약

가슴이 두근거렸다. 한순간에 그의 인생이 특별해졌다. 게다가 중년의 남자가 내주었던 8천만 원도 수중에 그대로 있었다. 사채 빚을 갚고 나면 누구보다 제대로 제2의 인생을 시작할 수 있었다.

"아니, 잠깐만. 어차피 제2의 인생을 살 거라면?"

사내는 문득, 이런 생각이 들었다. 자신이 만약 10대가 된다면, 사채업자가 어떻게 알아보겠는가? 굳이 돈을 갚을 필요가 있을까? 진짜 자신은 자살이나 실종으로 처리하고, 10대가 되어 새로운 인생을 살아가도 전혀 상관없지 않은가!
기가 막힌 생각이었다. 굳이 8천만 원을 낭비할 필요가 없다. 사내의 눈이 흥분으로 빛났다. 지금 당장 누군가의 목숨을 구해야 했다. 20대는 안 된다. 자신의 나이가 서른이니까, 최소한 10대의 목숨을 구해야 했다.

"근데 어디 가서 10대의 목숨을 구하지?"

막상 사람의 목숨을 구하려니 막막했다. 영화에서처럼 차에 치일 뻔한 사람을 구하는 일은 로또에 당첨되는 것만큼 가능성이 희박해 보였다. 중년의 남자가 자신을 찾고 그렇게 기뻐하던 이유를 알 것 같았다.
사내는 막연하게 중·고등학교 주변을 배회했지만, 방법이 없었다.

"빌어먹을… 우리나라 청소년 사망 원인의 1위가 자살이라더니, 도대체 어딜 가야 찾을 수 있는 거야?"

하교하는 아이들을 괜히 관찰하고 쫓아다니던 사내는, 방법을 바꿔 인터넷을 이용하기로 했다. 그러나 자살 글을 죄다 뒤져봐도 대부분 '자살하고 싶다'였지, 당장 자살하겠단 글은 없었다. 그 와중에 사채업자의 협박 전화가 계속해서 울렸다. 일단 무시하고는 있었지만, 사람 찾는 데는 귀신같은 작자들이니 언제 쫓아와도 이상할 게 없었다.

"미치겠네, 진짜! 그냥 8천만 원을 줘버려야 하나?"

그러기엔 너무 아까웠다. 애초에 원금은 반도 안 됐는데!
전전긍긍하던 사내는 문득, 생각했다.

"잠깐만… 굳이 죽을 위기에 처한 사람을 찾아다닐 게 아니라, 내가 그 위기를 만들면 되는 거 아냐?"

발상의 전환이라고 하기엔 뭣하지만, 혹시 생명의 신에게 그정도의 융통성은 있지 않을까?
사내는 고민했다. 계속 울리는 사채업자의 전화는 사내의 마

목숨을 구할 때마다 젊어지는 계약

음을 급하게 했고, 합리화하게 했다.

"어차피 내가 살릴 건데 뭐. 해서 안 된다고 해도 손해 볼 건 없잖아?"

사내는 바로 계획을 짰다. 어떻게 해야 할까? 단순하게 자신이 죽이려다가 마는 건 인정되지 않을 것 같았다. 상대방이 스스로 위험에 뛰어들게 해야 했다.

"아!"

사내는 어릴 적 시골집에서 자랄 때, 농약을 먹고 죽은 동네 형이 생각났다. 거기서 한 가지 계획을 떠올렸다.

먼저 이온 음료가 담긴 페트병에 농약을 탄다. 그다음, 학교 운동장에서 축구 하는 아이들을 구경하며, 근처에다 페트병을 슬그머니 내려놓는다. 잠깐씩 자리를 비우거나 잠이 든 척을 하면, 땀을 흘린 아이 중 하나가 와서 농약이 든 이온 음료를 훔쳐 먹으려고 할 것이다. 그때 다급히 말려서 생명을 구한다.

"이런 건 괜찮지 않을까? 일부러 먹인 것도 아니잖아."

사내는 단지 농약이 든 병을 들고 다녔을 뿐이고, 아이가 훔쳐 먹으려다가 죽음의 위기에 처한 것일 뿐이다. 그 정도면 목숨을 구하는 것으로 인정되지 않을까?

애매하긴 했지만, 도전해볼 만한 가치가 있었다. 사내는 며칠간 단단히 준비해서 중학교 운동장을 돌아다녔다. 하지만 생각만큼 일이 쉽게 풀리지 않아 속이 탔다. 시간은 계속 흘러갔고, 사채업자 때문에 집에 못 들어간 지도 이미 오래였다. 어쩔 수 없이 8천만 원을 포기해야 하나 싶은 어느 날,

"응?"

운동장에 있던 사내가 잠깐 화장실에 다녀온 사이, 드디어 한 아이가 페트병 쪽으로 다가가는 모습을 발견했다!
깜짝 놀란 사내는 바로 달려가려다가 움찔, 멈춰 섰다.

'아직 안 돼! 좀 더 확실하게 목숨에 위험이 닥쳤을 때!'

사내는 몹시 긴장했다. 만약 조금이라도 늦으면 아이의 목숨은… 그렇다고 너무 빠르면 지금까지 기다린 시간이 아깝게 된다. 그는 미친 듯이 뛰는 심장에 손을 얹고 아이를 뚫어지게 쳐다보았다. 모든 장면이 느리게 보였다. 아이가 벤치로 다가가고, 손을 뻗어 페트병을 집어 들고, 뚜껑을 돌려 열고, 페트병을 얼굴께로 가져가는, 바로 그 순간!

"야, 이 새끼야!"

목숨을 구할 때마다 젊어지는 계약

사내는 벼락처럼 소리 지르며 아이를 향해 달려갔다.

"헛!"

깜짝 놀란 아이가 페트병을 떨어뜨렸고, 사내는 안도의 숨을 크게 내쉬었다.

"너, 인마! 누가 남의 것에 손을 대래? 이 안에 농약 들었다고!"
"네? 네?"
"너 죽을 뻔했다고, 인마! 어휴! 내가 네 목숨 구해준 줄 알아라!"

아이는 영문을 몰라 그저 당황하고 겁먹은 표정으로 굳어 있었다. 조금 미안해진 사내는 아이에게 5만 원권 지폐를 쥐여주며 급히 자리를 떠났다.

"이걸로 친구들이랑 시원한 거 사 먹어!"

사내는 달렸다. 저번에 자신의 목숨을 구해준 남자가 그랬던 것처럼 달리고 또 달렸다. 그사이에, 몸이 변화하고 있는 것을 스스로 느꼈다.

"됐다! 됐어! 몸이 가벼워!"

환희에 찬 사내는 운동장을 빠져나가자마자 급히 핸드폰 카메라를 켰다. 이윽고, 10대 후반으로 변해 있는 자신의 모습을 확인했다.

"으하하! 됐어! 됐다고! 생명의 신이 융통성이 있었네! 으하하하!"

청소년이 된 사내는 환호했다. 이 정도면 사채업자는 물론 아무도 알아챌 수 없다. 사내는 곧장 제2의 인생을 준비했다. 살던 자취방에 바다로 뛰어들겠단 유서를 남기고 돌아오는 길, 컴퓨터, 핸드폰, 옷, 신발, 가구, 가전, 이름까지 몽땅 버리고 나왔다. 이후로는 무적자 행세를 하며 취적 과정을 밟았다. 생각보다 복잡했기에 변호사의 도움을 받긴 했지만, 결국 새로운 이름을 얻는 데 성공했다.

다시 태어난 사내는 이제 뭐든지 할 수 있을 것 같았다. 자살 직전까지 갔던 험난한 인생 경험과 10대의 젊음이 더해지니 대단한 무기가 되었다. 게다가 앞으로도 영원한 젊음을 가진 것이나 마찬가지니, 무슨 일을 해도 자신감이 붙었다.

일단 새로 방을 구하고, 국가에서 지원하는 청소년 창업 지원 프로그램을 알아보러 다녔다. 그러는 동안 혹시나 해서 전에 살던 곳을 방문해보니, 사채업자들이 혈안이 되어 그를 찾아다닌 다는 소식이 들렸다. 그 소식을 듣는 것만으로도 통쾌했다. 찾을 수 있을 리가 없지!

그러다 문득, 유일한 핏줄인 시골에 계신 할머니가 생각났다. 설마 사채업자들이 거기까지 찾아갔을까? 하긴, 간다고 해도 할 머니에게는 뜯어낼 돈도 없지만.

"음…"

그래도 혹시나 하는 마음에 사내는 시골로 가는 버스표를 끊 었다. 일단은 멀리서 보고만 올 생각이었다.

가는 동안 청년의 마음은 가벼웠다. 혹시 할머니가 자신의 얼 굴을 알아볼까? 만약에 말을 한다면 믿을까, 안 믿을까? 장난기 어린 얼굴로 버스에서 내린 청년은, 곧바로 할머니의 시골집으 로 향했다.

한데, 할머니네 집 대문 앞에 다른 할머니 한 분이 주저앉아 서럽게 울고 있는 게 아닌가?

"아이고 아이고! 이렇게 가면 어쩌누. 찾아오지도 않는 손주 놈이 뭐라고! 그놈이 뭐라고! 형님이 이렇게 가면 어쩌누!"

깜짝 놀란 사내는 곧바로 그 할머니에게로 달려가 물었다.

"무슨 말입니까! 이 집에 무슨 일이 일어났는데요?"

"서울에서 손주 놈이 자살했다는 소식을 듣더니, 글쎄!"

사내의 동공이 흔들렸다. 아닐 거라며 곧장 대문 안으로 달려간 그가 할머니의 방문을 열었다.

"아!"

방 안에는 스스로 목숨을 끊은 할머니가 누워 있었다. 사내는 다리가 풀려 주저앉아버렸다. 믿을 수 없단 얼굴로, 부들부들 떨리는 몸으로 기어가 할머니의 식은 몸을 어루만졌다.

눈물이 쏟아지려던 그 순간, 갑자기 사내의 몸이 격하게 움찔했다!

"컥!"

그의 몸이 급속도로 변하기 시작했다.

"억! 어… 으억!"

한순간, 사내의 몸이 90대 노인이 되어버렸다. 두 눈을 부릅뜨고 쓰러진 사내의 머릿속에, 중년의 남자가 알려주었던 주의

　　　목숨을 구할 때마다 젊어지는 계약

사항이 떠올랐다.

[생명의 신은 절대적인 생명력을 줍니다. 당신은 이제부터 영원히 죽지 않습니다. 하지만 주의하세요! 당신이 사람의 목숨을 살리는 게 아니라 죽이게 되면, 반대로 그만큼 나이를 먹을 겁니다.]

"아, 안 돼! 이럴 순 없어… 이럴 순 없어!"

할머니를 잃은 슬픔도 슬픔이지만, 사내는 너무 억울했다. 자신이 직접 할머니를 죽인 것도 아닌데… 생명의 신은 왜 이런 융통성을 발휘한단 말인가?
한순간에 쇠약해진 사내의 몸이 바닥으로 무너져 내렸다.

가쁜 숨을 내쉬던 사내가 할머니를 바라보며 눈물을 흘렸다. 허탈하고, 피곤했다. 할머니의 얼굴 근처에 목숨을 버릴 때 썼을 농약병이 보였다. 사내는 떨리는 손을 뻗어 병을 들고는 입으로 옮겼다. 이럴 줄 알았으면 그냥 그날 뛰어내릴 것을.

"…"

사내는 고통과 죽음의 순간을 기다렸다. 한데,

"억!"

사내의 몸이 또다시 급변했다. 온몸이 미라와 같이 급속도로 말라갔다!

마치 한순간에 90살의 나이를 더 먹어버린 것만 같았다.

'아!'

이미 오래된 미라처럼 변해버린 사내는 공포에 떨었다. 설마, 스스로 목숨을 끊으려고 했기 때문에 그런 걸까?

목소리조차 낼 수 없어 마음속으로만 '아니야! 아니야!'를 외치던 사내가 또 한 번, 있는 힘을 다해 농약을 끝까지 들이켰다. 하지만,

"…"

죽을 수 없었다. 사내의 몸은 점점 더 사람이라고 부를 수 없을 정도의 몰골로 변해갈 뿐이었다. 움직일 힘도 없었고, 눈알은 이미 새하얗게 바래 아무것도 보이지 않았다. 그럼에도 불구하고 사내는 아직 살아 있었다.

이윽고, 구급대원들이 달려오는 소리가 사내의 귓가에 희미하게 들렸다.

"헉! 뭐야! 이 미라는 뭐지?"

목숨을 구할 때마다 젊어지는 계약

"자, 잠깐만! 조용히 해봐! 이 미라, 숨 쉬는 것 같은데? 들것! 들것 가져와!"

사내는 손가락 하나 까딱할 수 없는 몸으로, 마음으로 간절히 빌었다.

'제발 죽여줘…'

귀신을 다루는 구지 선생 이야기

"구지 선생은 정말 신통하시지! 내가 다른 무속인은 몰라도 구지 선생은 진짜라고 믿는다니까?"

"아, 구지 선생님요? 태어날 때부터 귀신을 보셨다는 그분?"

"소문을 듣자 하니, 구지 선생은 귀신을 직접 만지고 부리신다던데!"

"아 왜, 그런 말이 있잖아? 귀신이 되어서라도 원한을 갚고 싶은 사람은 구지 선생을 찾아가라!"

사내는 소문을 쫓고 쫓아, 드디어 구지 선생을 만나게 되었다.

"구지 선생님, 제발 제 원한을 갚을 수 있게 도와주십시오! 부탁드립니다!"

무릎 꿇은 사내의 얼굴을 뚫어지게 바라보던 구지 선생이, 뜬금없이 이렇게 말했다.

"나는 지금 행복해."
"예?"

사내는 그 말뜻을 헤아려보려 했지만, 영문을 알 수 없었다. 어떤 선문답일까? 혹시 이 시험을 통과해야만 도움받을 수 있는 걸까?
고민하던 사내를 가만히 바라보던 구지 선생은, 사내를 방 안으로 들였다.

"무슨 원한인데? 말해봐. 편하게 반말해도 돼. 내가 너보다 정확히 하루 늦게 태어났으니까."

사내는 설마 지금 자기 얼굴만 보고 생일을 맞춘 건가 궁금했지만, 혹시라도 구지 선생이 기분 나빠할까 봐 묻지는 못했다. 지금 그에게 남은 유일한 희망이 바로 이 구지 선생이었으니까.
사내는 눈시울을 붉혀가며 자신의 억울한 인생사를 털어놓았다.

.
.
.

"저는 고아 출신입니다. 세상살이가 힘들었지만, 같은 처지의 아내가 있어서 견딜 수 있었지요. 조선소에서 잡부로 일하며 버는 돈은 적었어도, 사랑하는 아내와 아이가 있어 행복했습니다.

제 아내는 정말로 아름다웠습니다. 가난으로도 숨길 수 없을 정도로요. 그런데 그것이 화근이 되었습니다. 어느 날, 조선소를 시찰하러 왔던 두석규 회장이 우연히 제 아내를 보고서 눈독을 들인 겁니다.

전 처음에는 그것도 모르고, 갑자기 직위가 오른 것에 마냥 기뻐했습니다. 심지어 제가 회장의 총애를 얻었다는 소문도 돌았습니다. 순식간에 말단 잡부에서 관리직까지 올라간 저는 일본으로 파견까지 나가게 되었지요.

저는 멍청하게도 우리 가족이 가난에서 벗어날 수 있게 되었다며 기뻐했습니다. 일본에서 3년만 고생하면 이제 우리 가족도 남부럽지 않게 살 수 있다며, 고민 없이 파견을 받아들였어요.

실수였습니다. 저는 일본으로 가는 배 위에서 괴한의 습격을 받았고, 바다로 버려졌습니다. 기적처럼 어느 섬에 닿아 목숨을 구했지만, 이렇게 한쪽 다리와 허리가 마비되어 병신이 되고 말았습니다. 말도 통하지 않는 일본에서 병신 같은 몸으로 사는 건 너무나 힘들었습니다. 사랑하는 가족을 만나야 한다는 마음이 아니었더라면 절대 버티지 못했을 겁니다. 하지만 1년이 걸려 한국 땅을 다시 밟았을 때, 저를 기다리고 있던 건 끔찍한 절망

귀신을 다루는 구지 선생 이야기

이었습니다.

아내는 두석규 회장의 부인이 되어 있었습니다.

그제야 저는 모든 것이 두석규 회장의 음모였다는 것을 깨달았습니다. 조선소에는 이미 회장의 지시가 내려져 있었습니다. 그 지시는 불문율이었고, 제 편을 들어줄 자는 존재하지 않았지요. 저는 몰매를 맞고 쫓겨나야 했습니다.

제 마음은 지독한 복수심으로 들끓었습니다. 두석규 회장을 찢어 죽일 수만 있다면 제 영혼이라도 팔 수 있을 것 같았습니다. 하지만 이 병신 같은 몸으로 할 수 있는 일은 없었습니다. 이 빌어먹을 현실의 벽은 복수조차 용납하지 않습니다.

저는 차라리 죽어버리려 했습니다. 하지만 원통합니다! 억울합니다!

구지 선생님! 제발 제 원한을 갚을 수 있게 도와주십시오! 살아서 갚지 못할 이 원한, 귀신이 되어서라도 갚고 싶습니다! 제발 부탁드립니다!"

⋮
⋮

사내의 긴 이야기를 들은 구지 선생의 첫 말은, 사내를 허탈하게 했다.

"원한을 갚겠다고 귀신이 되어봤자 뭐 해? 어차피 그런 인간들은 귀신을 봐도 전혀 상관하지 않을걸? 귀신 좀 붙는다고 돈이 나가는 것도 아니고. 뭐, 아무래도 상관없잖아?"

"아."

사내의 눈빛이 흔들렸지만, 아직 구지 선생의 말은 끝나지 않았다.

"다만, 한 가지 방법은 있지. 원래 아무나 알려줘서는 안 되는 방법인데."

"그게 뭡니까? 제발 부탁드립니다, 선생님!"

"음."

구지 선생이 근처 서랍으로 가서 돌돌 말린 붕대 같은 걸 가져왔다. 테이블 위에 펼쳐보니, 손가락 한 마디 정도의 폭에 30센티미터 정도 길이의 천이었다. 선생은 진지한 얼굴로 설명했다.

"이승의 손가락 그대로 저승에 가져가는 거야."

"예?"

"검지 끝에 이 천을 돌돌 마는 거야. 그리고 최소 444일간 절대로 풀어선 안 돼. 그래야 주술이 완성되지. 만약 죽을 때 이 천을 감은 상태로 죽으면 귀신이 되어서도 손가락 끝에 이 천이 감겨 있을 건데, 그러면 그 안의 손가락은 아직 죽지 않은 상태가 되지."

"그게 무슨?"

"쉽게 말해서, 귀신인 네가 현실의 사람을 물리적으로 만질 수 있다는 거야! 딱 1초뿐이지만."

"아!"

사내는 놀랐다. 그러나 곧, 조금 애매한 표정이 되었다.

"1초라고요?"

1초는 너무 짧았다. 1초로 뭘 할 수 있을까? 그것도 고작 손가락 한 마디로. 지하철에서 미는 것? 손가락 하나로 될까? 1초로 될까?

구지 선생은 사내의 생각을 정확히 읽은 것처럼 이어 설명했다.

"이게 얼마나 무서운 것인지 감이 잘 안 오나 본데, 잘 들어. 귀신은 사람의 몸을 통과할 수 있어. 원한을 갚고 싶은 자의 뇌 속에서 갑자기 네 손가락이 나타나면 어떻게 될까? 심장에서 갑자기 손가락이 나타나면? 단 1초라도 그곳을 헤집을 수 있다면?"

"아… 아! 아아아!"

사내의 눈이 번쩍 떠졌다! 그의 몸이 미세하게 떨리기 시작했다. 가능하다! 이것이라면 복수가 가능하다!

　"부탁드립니다! 제발 제게 그 천을 주십시오!"

　"줄 수는 있어. 어렵지 않아. 하지만 그 뒷감당은 네가 해야 해. 귀신이 된 뒤에 인간을 해치면 다시는 인간으로 환생할 수 없어. 네 영혼은 영원히 벌레로 환생하게 될 거야. 감당할 수 있겠어?"

　"무엇이든 감당할 수 있습니다! 복수만 할 수 있다면 영원히 벌레로 살아도 좋습니다!"

　"말처럼 쉽지 않아. 막상 귀신이 되어서는 후회할지도 모르고. 그때 가서는 되돌릴 수 없어. 인간을 해치지 않는다고 해도 이승의 손가락을 저승으로 가져간 것만으로도 벌을 받게 될 테니까."

　"괜찮습니다! 제 마음이 바뀔 일은 절대 없습니다!"

　이를 악무는 사내의 표정은 확신에 차 있었다. 가만히 그를 바라보던 구지 선생은 곧 고개를 끄덕였다.

　"알겠어. 줄게."

　"감사합니다!"

　구지 선생은 대가 가는 펜 하나를 꺼내더니, 펼쳐놓은 천에 한자를 적기 시작했다. 사내가 전혀 모르는 한자들이 천 위에 촘

촘하게 새겨졌다. 선생은 고개 한 번 들지 않고 집중해서 한자를 적었는데, 온 기력을 쏟아붓는 듯 식은땀마저 흘렸다.

그때 사내는 구지 선생의 검지 한 마디가 없는 것을 발견했다. 아, 손가락이 아홉 개! 그래서 구지 선생이구나!

"휴…"

구지 선생은 마지막 점을 찍고 나서야 한숨을 내쉬며 땀을 닦았다.

"다 됐다. 만약 이걸 감게 되면, 취소할 수 없어. 취소하려면 그 손가락은 잘라야만 할 거야. 괜찮겠어?"

"괜찮습니다."

"그래. 오른손 이리 내놔."

침을 꿀꺽 삼킨 사내가 떨리는 손을 내밀었다. 구지 선생은 조심스럽게 천을 들어, 한자가 안으로 가도록 사내의 검지 끝을 감기 시작했다.

"이제 곧 손가락 끝의 감각이 없어질 거야. 앞으로 이 손가락은 영영 이승에 없다고 생각하면 돼."

"아, 예."

천의 끝부분이 마치 풀로 붙인 것처럼 찰싹 달라붙었다. 그 순간 사내는 정말로 손가락 끝의 감각이 사라진 걸 느꼈다. 구지 선생의 말이 진짜라는 증거였다.

"아! 정말 감사합니다! 선생님, 이 은혜는 절대 잊지 않겠습니다!"
"은혜는 무슨. 명심해! 죽어서도 이 천은 절대 풀면 안 돼. 이 천을 푸는 건, 귀신이 되어 복수할 때, 그때 딱 한 번뿐이야. 실수로라도 풀지 마."
"예, 알겠습니다. 절대 풀지 않겠습니다. 정말 감사합니다."

몇 번이고 감사 인사를 하던 사내가 별안간 조심스러운 목소리로 물었다.

"그런데, 선생님 손가락도 혹시…"
"아? 이거?"

아무렇지도 않게 검지가 잘린 손을 들어 보이며, 구지 선생이 말했다.

"나도 똑같이 했었어. 그런데 복수를 포기했지."
"아!"
"난 그냥 내가 스스로 포기한 거야. 이러쿵저러쿵 잔소리는 안 해. 네가 알아서 하겠지."

사내는 고개를 끄덕였다. 그는 복수 따위 의미가 없다느니 뭐니 하는 말은 듣고 싶지 않았다. 새삼 구지 선생이란 인물이 크게 느껴졌다. 오늘 처음 만났지만 존경심이 몸속 가득 차오를 지경이었다.

"구지 선생님, 혹시 제가 허드렛일이라도 도울 수 있다면…"
"마음대로 해."

사내는 앞으로 남은 444일간 구지 선생에게 은혜를 갚으며 살기로 마음먹었다.

⋮

사내는 구지 선생의 집에 묵으며 허드렛일을 도맡아 했다. 마당을 청소하고, 찾아오는 손님을 안내하고, 집안일부터 운전사 역할까지, 모든 일을 성심성의껏 했다. 그는 444일이 지나면 바로 목숨을 끊을 생각이었고, 구지 선생도 그 점을 알고 있었다. 하지만 선생은 말린다거나 조언을 하지 않았다. 사내는 그 점이 너무 고마웠다.

생각보다 구지 선생은 한가했고, 여기저기 놀러 다니길 즐겼다. 자연스럽게 사내는 집에 홀로 남아 사색하는 시간이 많아졌다. 그럴 때면 그는 언제나 복수를 생각했다. 아무리 시간이 지나도 그 뜨거움은 사라지지 않았다. 다만, 생각이 꼬리에 꼬리를 물고 조금씩 변해가기는 했다.

처음에는 두석규 회장을 증오했다. 하지만 요즘에는 자꾸만 아내가 원망스러웠다. 사모님 노릇을 톡톡히 하며 지내고 있던 아내가 말이다.

자신이 죽었다는 소식 이후 채 1년도 지나지 않았는데, 아내는 홀라당 두석규와 결혼했다. 믿을 수 없었다. 어떻게 그럴 수 있었을까? 혹시 어쩌면, 아내도 그 계획에 동참했던 걸까? 맞다, 그럴 가능성이 높았다.

시간이 흐를수록 사내는 누굴 더 증오하는지 헷갈리기 시작했다. 원인은 두석규 회장이라지만, 아내에 대한 배신감이 너무 컸다. 할 수만 있다면 둘 다 죽이고 싶었지만, 그에게 주어진 것은 고작 검지 한 마디와 1초뿐이었다. 검지 한 마디와 1초로 둘 다 죽일 수 있는 방법을 끊임없이 생각해봤지만, 떠오르지 않았다. 결국, 둘 중 한 명에게만 복수를 해야 했다.

아내에게 복수할 것인가, 두석규 회장에게 복수할 것인가?

그는 마지막 날까지도 그것을 고민했다. 이윽고 444일이 지난 결전의 날, 사내는 구지 선생에게 작별 인사를 드렸다.

"그간 정말 감사했습니다. 죽어서도 이 은혜는 잊지 않고, 미물이 되어서라도 은혜를 갚기 위해 찾아오겠습니다."

"은혜는 무슨. 고생해. 가는 길에 맛있는 밥이나 사 먹어."

구지 선생은 빈말로라도 사내의 자살을 말리지 않았고, 마지막 밥값까지 쥐여주었다.

큰절을 올리고 집을 나선 사내는, 마지막으로 거하게 식사를 했다. 미련도, 망설임도 없었다. 해가 저물자 깊은 산으로 들어간 사내는 원한을 되새기며, 준비한 칼로 스스로 목숨을 끊었다.

죽음을 맞이한 사내가 다시 정신을 차렸을 땐, 온 세상이 회색빛으로 물들어 있었다.

[아!]

자신의 시체를 내려다본 사내는, 성공적으로 귀신이 되었음을 깨달았다. 원귀가 되어서일까. 그의 원한은 이성을 잃을 정도로 들끓었고, 자신도 모르는 사이에 원한이 있는 곳으로 날아갈 수도 있게 되었다.

두석규의 저택 앞에서 정신이 든 사내는 자신의 오른손 손가락 끝을 확인했다. 확실하게 천이 감겨 있었다. 이제 이 손가락 끝으로 심장에 구멍을 뚫을 것이었다. 하지만, 누구의 심장을?

그는 잠깐 고민했다. 두석규냐, 아내냐. 나는 지금 누구를 더 원망하는가?

[…]

그는 곧, 두석규를 죽이기로 결정했다. 그래도 아내는 자신이 한때 사랑했던 사람이니까.

저택 안으로 들어간 사내는 두석규의 방을 찾아가려고 했다. 한데, 거실에 있던 아내를 보자마자 우뚝 멈춰 서고 말았다. 고급스러운 잠옷을 입은 세련된 스타일의 아내. 돈을 들여 관리한 덕분인지 자신과 살 때와는 완전히 딴판이 되어 있는 아내.

사내의 몸이 부들부들 떨렸다. 그의 얼굴이 흉악하게 일그러졌다.

아내! 아내다! 지금 아내를 더 증오한다!

그는 손가락 끝의 천을 조금씩 풀며 아내의 뒤를 따라갔다. 천을 마지막 한 바퀴 남겨두고 따라 들어간 방에는, 어린 아들이 침대 위에 누워 있었다. 사내의 아들이었다.

아이를 본 사내는 순간적으로 멈칫했다. 아이를 위해선 아내 대신 두석규를 죽이는 게 맞는 걸까?

하지만 이미 원귀가 된 그의 증오심은 이성적인 판단을 할 수 없었다. 무섭게 이를 악문 사내는 아내의 심장을 향해 양손을 뻗었다. 정확히 아내의 심장 속에 검지의 끝을 넣고, 마지막 남은 천을 벗기려던 그 순간.

"이 얼굴을 절대 잊어서는 안 된다."

아내가 아이를 향해 한 장의 사진을 보여주었다. 바로 사내의 사진이었다.

"네가 아버지의 복수를 해야 해. 알았지? 절대 아버지를 잊어선 안 돼. 나중에 네가 꼭 아버지의 복수를 해야 한다."

흉악하게 일그러졌던 사내의 얼굴에 힘이 빠졌다. 사내의 양손이 맥없이 내려가고, 그 바람에 손가락에 남아 있던 천이 모두 벗겨졌다. 그 순간 아무것도 없는 허공에 사내의 검지 한 마디가 1초간 나타났지만, 아내와 아들은 알아채지 못했다.

사내는 붉어진 눈시울로 아내를 바라보았다. 자신을 잊지 않은 아내, 대신 원한을 갚아주려고 한 아내. 사내가 겪은 고통을 모두 사라지게 할 정도로 커다란 위로였다. 사내는 웃었다. 그리고 그는 복수를 포기했다.

웃음을 띤 그의 몸이 빛에 휩싸이며 서서히 사라졌다.

"어?"

순간적으로 뒤를 돌아본 아내의 눈에, 자기도 모를 눈물이 흘렀다.

:
:

"응애!"

어느 분만실에서 아기의 우렁찬 울음소리가 들려왔다. 사내는 마지막 순간에 복수를 포기함으로써 다시 인간으로 환생할 수 있었다. 다만, 이승의 손가락을 저승으로 가져간 벌은 받아야만 했다.

곧 간호사의 당혹스러운 목소리가 들렸다.

"아, 아기 손가락 하나가 잘려나간 것 같아요!"
"뭐라고요?"

이제 막 출산을 끝낸 여인이 깜짝 놀라 비명을 질렀고, 굳은 표정의 남편이 얼른 아기의 손가락을 확인했다. 아내가 울 것 같은 표정을 짓자, 남편이 얼른 말했다.

"여보! 걱정하지 마! 괜찮아! 한 손가락이 조금 짧은 것뿐이야! 아무것도 아니야! 그래, 내 성이 마침 구 씨니까 이 아이 이름을 구지라고 짓는 게 어때? 아홉 손가락이란 뜻으로! 기죽지 말고, 손가락을 드러내놓고 당당하게 살라고 말이야!"

구지라는 이름이 붙은 아기는 어느새 울음을 그치고, 신기하다는 듯이 허공을 바라보고 있었다. 마치 무언가를 보는 듯, 그리고 그 무언가를 만질 수 있는 듯이, 짧은 검지의 끝을 허공으로 내밀며.

역겨운, 중독 치료 모임

"그래서 지금 저는, 되도록 밤에는 외출하지 않습니다. 길을 걷다가 혹시라도 빨간 옷을 입은 여인을 보게 되면 저를 자제할 자신이 없기 때문입니다. 물론, 새벽에 잠에서 깰 때마다 정말로 참기가 힘들지만, 그럴 땐 회원님들과의 약속을 떠올리며 자제할 힘을 얻곤 합니다. 그렇게 벌써 몇 달째 참아내고 있습니다."

강의실 앞으로 나선 사내의 마지막 말이 끝나고, 앉아 있던 사람들에게서 한목소리로 격려가 터져나왔다.

"훌륭해요! KJ!"

짝짝짝짝짝!

"감사합니다."

KJ라 불린 사내는 꾸벅 인사하며 자리로 돌아와 앉았다. 곧, 앉아 있던 사람 중에 다른 사내가 앞으로 나가 웃으며 인사했다.

"안녕하십니까? 아시겠지만… 토막 살인 중독 PY입니다."

자리에 앉은 사람들은 한목소리로 소리 질렀다.

"반가워요! PY!"

짝짝짝짝짝!

나 역시, 떨리는 몸을 숨기며 그들을 따라 손뼉을 치고, 소리 질렀다.

1시간 전. 나는 분명 알콜 중독 치료모임에 참여하기 위해 강의실을 찾아 들어왔다. 실수였다. 사람들의 입장이 끝나자마자 강의실 문에 자물쇠가 잠길 때 알아봤어야 했다. 이곳은 결코, 알콜 중독 치료 모임이 아니었다. 이곳은,

"아직도 제가 정말 참기가 힘든 것은, 사람을 썰어낼 때의 그 묵직한 손맛입니다. 어떻게든 참아보려고, 개와 돼지를 대신 썰어보았지만… 그 손맛도, 비명 소리도, 피 냄새도, 전혀 만족스

럽지 않았습니다. 반면 살아 있는 사람을 썰 때는…"

이곳은 살인 중독 치료 모임이었다.

처음, 상황을 파악한 나는 극도의 공포를 느끼게 되었다. 내 주변에 있는 이 평범해 보이는 사람들이 전부 살인마라니! 그들이 살인 행위를 늘어놓을 때마다 눈치를 보며 떨었다. 나는 그냥 평범한 알콜중독자일 뿐이었다. 한데, 내가 그들 사이에서 이 모든 비밀을 들어도 될까? 그 사실을 그들이 알게 되면, 나를 어떻게 할까?

그래서 난 필사의 연기를 했다. 그들을 따라 박수를 치고, 구호를 따라 외치고, 이해한다는 표정을 가장했다.

"창피하지만, 저번 주에는 참아내는 것을 실패하고, 또 사람을 죽이고 말았습니다. 자신을 자제하지 못하는 제 모습이 부끄럽고, 회원님들을 볼 면목이 없습니다."

"괜찮아요, PY! 우리는 다 이해해요, PY!"

짝짝짝짝짝!

우리의 격려 구호에, PY는 쑥스러운 듯 머리를 긁적이며 고개 숙였다.

역겨운, 중독 치료 모임

"감사합니다. 다음에도 그런 충동이 들 때는, 반드시 회원님들을 떠올리며 참을 겁니다!"

"훌륭해요, PY!"

짝짝짝짝짝!

PY가 자리로 돌아간 뒤, 다른 사내가 앞으로 나섰다.

"안녕하십니까? JJ입니다."

"반가워요! JJ!"

짝짝짝짝짝!

JJ는 커다란 가방을 꺼내어 열었다.

"부끄럽지만, 저번에 말한 대로 제가 모은 콜렉션들을 한 번 들고 와 봤습니다."

JJ가 꺼낸 콜렉션들을 본 순간, 나는 너무 놀랐다.

"우읍!"

잘린 머리가 담긴 병 세 개가 가방에서 하나씩 꺼내지고 있었다. 내 반응에, 순간적으로 주변의 시선이 모이는 게 느껴졌다. 나는 쿵쾅거리는 심장을 진정시키며 재빨리 표정을 가장하며 박수를 쳤다.

짝짝짝짝짝!

다행히 내 박수를 시작으로, 모든 회원이 박수를 치며 JJ에게 시선을 집중했다. JJ는 쑥스럽다는 듯한 얼굴로 말했다.

"지하실에 가면 더 있는데, 아무래도 가장 애착이 가는 애들만 데려와봤습니다. 와서 보셔도 됩니다."

사람들이 모두 앞으로 나가 그의 콜렉션을 구경했다. 나만 혼자 앉아 있을 수가 없었다. 그들은 머리가 든 병을 자세히도 구경했다.

"와, 상태가 정말 좋네요."
"이 아이는 정말 예쁘네요. 작업할 때 좋으셨겠어요."
"관리 잘 하셨네. 눈꺼풀에 호치키스 박아놓으신 건가?"

이 미친 새끼들은, 도대체가 정신머리가 어떻게 된 인간들인가? 어떻게 사람 머리가 잘린 것을 보고 웃으며 대화를 나눌 수 있지? 이 개쓰레기 같은 미친 새끼들!

역겨운, 중독 치료 모임

나는 속으로 구역질이 올라왔지만, 다른 사람들처럼 머리가 담긴 병을 바라보며 감탄한 듯 연기했다. 한 바퀴 구경시간이 끝난 뒤, JJ가 말했다.

"이것들을 작업하는 동안 정말로 즐거웠죠. 하지만 모두 1년 전 이야기입니다. 저는 지난 1년간 살인 중독을 극복해냈습니다. 1년 전에 딸이 초등학교에 입학하기도 했고, 아내가 늦둥이도 임신하는 바람에⋯ 더 이상은 안 되겠다 싶더군요. 사랑하는 가족들을 위해서, 저를 위해서, 저는 살인 중독을 극복해냈습니다!"

"훌륭해요, JJ!"

짝짝짝짝짝!

나는 미친 새끼들을 따라 박수를 치면서도, 더할 나위 없이 역겨웠다. 사랑하는 가족들을 생각하며 극복했다고? 씨발, 그게 지금 입에서 나올 말인가? 그걸 자랑이랍시고 떠드는 JJ도, 그것에 환호하는 이 미친 새끼들도 모두 다 역겹다.

JJ는 자신의 극복기를 무용담이랍시고 얼마간 떠든 뒤, 자리로 돌아갔다. 그리고 다음 순간, 나를 향한 수많은 사람들의 시선이 느껴졌다.

"신입 회원님이 오신 것 같은데⋯"

"그래요! 신입 회원님 이야기 한번 들어보죠!"
"누구 소개로 오셨을까?"

심장이 미친 듯이 뛰었다. 머리는 경직되어 식은땀이 흐르고, 다리는 부들부들 떨렸다. 절대 들켜선 안 된다. 난 겨우 목소리를 짜내어 이 어색함을 무마하려 애썼다.

"제, 제가 부끄러움이 많아서…"
"하하하!"
"우리도 처음엔 다 그랬어요!"
"용기를 내세요!"

그들의 격려를 받으며, 나는 어쩔 수 없이 강의실 앞으로 나섰다.

"아… 음… 저는 DS입니다."
"반가워요! DS!"

짝짝짝짝짝!

그들은 한목소리로 환영하며 나를 바라보았다. 내게 집중된 시선을 느끼며 심장이 미친 듯이 쿵쾅거렸다. 뭐라고 해야 할까? 무슨 말을 해야 할까? 내 이상함을 이들이 눈치채는 것은

역겨운. 중독 치료 모임

아닐까? 무슨 말을 해야 의심을 받지 않을까?

다행인지 불행인지, 이들에게는 신입에 대한 메뉴얼이 있는 듯했다. 앞자리의 누군가 내게 질문했다.

"DS는 어떤 살인에 중독되어 있나요?"

"궁금해요, DS!"

"아…"

나는 반짝반짝 빛나는 그들의 눈을 보며 침을 꿀꺽 삼켰다. 무엇이든 말을 해야 했다. 지어내든 뭐를 하든.

"저는… 어… 그냥 단순하게 칼로 죽이는… 음…"

나는 대충 얼버무리다가, 어색함을 느끼고 말을 덧붙였다.

"그! 피, 피 냄새가 좋아서요. 바로 신선하게 올라오는 피 냄새를 좋아해서…"

내 말에 고개를 끄덕이는 이들이 있었다.

"이해해요! 신선한 피 냄새는 정말 좋죠!"

"그거 중독되면 벗어나기 힘들죠! PY 씨는 아직도 못 고치고 있잖아요?"

"아, 이거 참! 민망하게, 저를!"

"하하하하하하."

그들의 공감하는 모습을 보며 나는 크게 안심했다. 그들이 믿어주고 있다는 생각에, 나는 시키지도 않은 말을 계속 떠벌렸다.

"주로 그, 젊은 여자들의 피 냄새를 좋아합니다. 특히 비 오는 날에… 아시죠? 비가 오는 날에 향이 짙게 나는 거!"

몇몇이 고개를 끄덕였고, 나는 더욱 그럴듯해 보이도록 말을 덧붙였다.

"그래서 전 비 오는 날에 혼자 다니는 여자들을 노리고, 뒤에서 급습합니다. 주로, 뒤에서 껴안은 채로 목의 동맥을 긋고는, 그녀가 바닥에 쓰러지지 않도록 계속 잡아둡니다. 땅바닥에 닿아버린 피는 향이 떨어지거든요. 그녀의 목 가까이에 코를 들이밀고, 가장 진한 향을 맡는 거죠."

말을 하며 눈치를 살피던 나는, 한 사내가 고개를 갸웃하는 것을 보았다. 내 흔들리는 눈이 그의 눈과 마주쳤을 때, 그가 말했다.

"영화 〈피의 향기〉에 나왔던 살인마랑 똑같네?"

아뿔싸! 이런 멍청한! 맞다! 맞았다! 어디서 이런 얘기들이 술술 생각나나 했더니, 영화에서 나온 살인마의 나레이션과 똑같았다.

"흐음…"

그는 고개를 갸웃하며 나를 쳐다보았고, 나는 떨리는 몸을 숨길 수 없을 지경이 되었다. 다른 살인마들의 시선이 몰리는 걸 느끼며, 나는 필사적으로 목소리의 떨림을 죽여, 입을 열었다.

"그, 그 영화가 살인범의 심리를 참 잘 표현했더라고요."
"…"

내 반응이 너무 눈에 띄었을까? 나를 바라보는 몇몇 사람들의 눈빛이 의심스러워 보였다. 아니, 그들은 그냥 평범하게 보고 있는 것뿐인데, 나 혼자 이렇게 착각하고 있는 걸까? 모르겠다. 모르겠다! 머리가 혼란스럽다.

나는 아주 잠깐의 적막도 참지 못해, 다급히 말을 이었다.

"저, 저는! 이제 더는 술을 가까이 하지 않기로 했습니다!"
"술이요? 웬 술?"

빌어먹을!

"수, 술만 마시면 살인 충동이 견딜 수가 없어지거든요! 아시죠? 그런 기분!"

급히 외치는 내게 몇몇 사람들이 고개를 끄덕여주었다. 진심인 걸까?

그때, 한 사내가 갑자기 질문을 던졌다.

"DS 씨는 그동안 몇 명이나 죽였나요?"

"아…"

머리가 팽팽 돌아갔다. 몇 명이라 해야 하지? 여섯 명? 너무 적나? 중독자라면 더 많아야 할까?

"저, 저는! 아홉 명 정도…"

"오, 대단하시네!"

"우와. 아홉 명이나?"

이런 씨! 너무 많았나?

"그럼, DS 씨는 주로 어디서 활동하시죠?"

"예?"

역겨운, 중독 치료 모임

뭐지? 왜 묻지? 왜 자꾸 질문하는 거지? 이상한가? 내가 의심스러운가?

"저, 저는 주로… 인천에서…"

나는 대답을 끝내자마자, 후회해야 했다.

"인천? 나돈데?"

빌어먹을!
인천 살인마는, 고개를 갸웃하며 물었다.

"음? 근데 아홉 명이나? 인천에서 내가 모르는 사건이 그렇게 많았나? 흠… 시체는 어떻게 처리합니까?"
"아, 저 그… 바다에 버립니다. 실종 처리가 되도록…"
"흠. 그래요? 그럼 시체는 직접 들고 간다는 말이군요? 현장에 남겨진 흔적은 어떻게 하시죠?"
"아… 그… 비에 쓸려 내려가도록…"

내 대답이 끝나기도 전에, 그의 날카로운 대답이 끼어들었다.

"비로는 안 될 텐데?"

미친! 씨발! 저 씹새끼!

눈앞이 아찔해졌다. 심장이 미친 듯이 쿵쾅거렸다. 호흡이 힘들다. 숨을 쉬기가 힘들다.

"그, 그냥! 차에 시체를 실은 다음에, 돌아가서 대충 좀 닦고… 나머지는 비가 다 씻어내도록 그렇게 합니다."

"흠…"

그는 팔짱을 끼고 나를 가만히 바라보았다. 그 몇 초의 시간이 10년보다도 길게 느껴졌다. 곧, 그는 말했다.

"정말 운이 좋은 분이시네. 그렇게 아홉 명이나 죽이고도 안 잡히다니."

나는 얼른 그 말을 받았다.

"네, 네! 그래서 제가 그것 때문에라도, 살인 중독을 치료해보려고 이렇게… 예… 그렇습니다."

"흐음…"

나는 그들이 나에게 더 의구심을 가지기 전에, 얼른 이 상황을 끝내려 크게 외쳤다.

"그, 그러니까 제가 중독에서 벗어날 수 있도록 많은 도움과 가르침을 부탁드립니다!"

나는 과장되게 고개를 숙였다. 바닥을 내려다보는 그 짧은 순간, 온몸에 핏줄이 터질 것처럼 긴장했다.

"할 수 있어요! DS!"

짝짝짝짝짝!

귓가에 들려오는 박수 소리에 난 크게 안도했다. 나는 얼른 내 자리로 돌아가 앉았다.

살았다. 무사통과였다. 곧, 다음 사람의 이야기가 시작되었다.

"안녕하십니까? 저는 TA입니다."
"반가워요! TA!"

짝짝짝짝짝!

나는 그 누구보다도 더 열렬히 박수를 치고, 구호를 외쳤다. 누구도 나를 의심하지 않기를 바라며, 제발 나를 살인마 동료로 생각해주기를 바라며!

　　　　：
　　　　：

"극복할 수 있다! 우린 할 수 있다! 아자 아자 아자자!"

　마지막 구호를 끝으로, 모임은 해산했다. 그들을 벗어나, 위험에서 벗어나게 되자마자 나는 욕지거리를 내뱉었다.

"씨발 새끼들! 미친 살인마 새끼들! 뭐? 우린 할 수 있다? 힘내자? 파이팅? 염병들 하고 있네, 살인마 새끼들이!"

　정말 역겹다. 백번 천번 죽어 마땅한 새끼들! 이 사회의 암적인 새끼들! 무인도에 가둬놓고 지들끼리 죽고 죽이게 만들어야 할 새끼들! 유족들에게 머리부터 발끝까지 잘게 썰려 영원히 고통받아 마땅한 새끼들!
　저런 새끼들이 어떻게 저렇게 당당하게 활보하고 다닐 수 있는 걸까? 얼굴에 철판을 깔고, 중독 치료니 뭐니 떠들고 다닐 수 있는 걸까? 너무 어이가 없는 일이었다.
　하지만, 나는 신고하지 않을 것이다. 비겁하다 욕해도 좋았다. 나는 신고할 자신이 없었다. 무서웠다. 절대로 그들과 어떤 식으로든 엮이고 싶지가 않았다. 나는 곧장 집으로 향했다.
　한데 그때, 아내에게서 전화가 왔다.

　[당신! 중독 치료 모임 안 나갔다며? 정말 이러기야? 나랑 정말 이

혼하고 싶어?]

"아니, 그게! 내가 사정이 있었어!"

[사정은 무슨! 아직 모임 안 끝났다니까 빨리 가봐! 어서!]

빌어먹을!

나는 다시 발길을 돌려, 원래 목적한 모임으로 향했다. 다행히 오는 길에 진짜 모임 장소를 봐두었기 때문에 바로 찾아갈 수 있었다.

"저기… 여기가 알콜 중독 치료 모임이 맞습니까?"

"아! 어서 오세요."

강의실에 들어가자, 멀쩡한 사람들이 나를 반겨주었다. 그렇지! 이게 진짜 모임이지!

"여러분! 오늘 새로 오신다던 그분입니다! 저희와 같은 분이시죠!"

나는 소개자의 손길에, 앞으로 나서서 자기소개를 했다.

"안녕하세요? DS입니다."

"와, 반가워요. DS 씨!"

짝짝짝짝짝!

　환영 박수를 받으며, 나는 흡족하게 고개를 끄덕였다. 아내에
게 들었던 대로다. 이들이야말로 진짜 나와 같은 사정의 사람들
이었다. 살인마 새끼들이 아닌 멀쩡한 사람들!
　나는 그들의 면면에 깊은 동질감을 느끼며, 내 이야기를 시작
했다.

“제가 처음으로 술을 끊어야겠다고 결심했던 순간은, 3년 전
이었습니다. 여러분도 다 마찬가지겠지만… 그때 실수로 제가,
음주운전으로 사람을 죽이는 바람에…”
“괜찮아요, DS! 우리는 다 이해해요, DS!”

짝짝짝짝짝!

　그들의 진심 어린 격려가 좋았다. 훌륭했다.

　그래, 이런 게 진짜 정상적인 중독 치료 모임이지!

　　　　　　　　　　　　　역겨운. 중독 치료 모임

악마의 새로운 수법

   최 기자는 절망했다.

   직장도 잃고, 여자친구도 떠나고, 건강까지 잃었다. 모 대기업 회장에게 밉보인 결과다. 고작 그것으로 인생이 송두리째 무너지다니, 허탈하기까지 했다.

   아무것도 할 수 없는 무력감에 빠져서 시간만 보내던 어느 날, 옛 짐을 정리하던 최 기자는 특이한 기록을 하나 발견했다. 취재하다가 관뒀던 '악마 소환법'에 관한 기록이다. 그때는 황당한 내용이라 건성으로 조사했지만, 지금 보니 제법 그럴듯한 모양새였다. 게다가 그때와는 달리 지금의 최 기자는 관심이 있었다. 악마에게 영혼이라도 팔 수 있다면 당장 그럴 테니까.

   어차피 할 일도 없던 최 기자는 악마 소환 의식을 해보기로 했다. 며칠에 걸쳐 모든 것을 준비했고, 소환 장소인 산속 깊은 곳까지 갔다. 안 되면 그냥 등산이나 간 셈 치려고 했는데, 소환이 되고 말았다.

　[놀랍군! 아직도 소환 의식을 기억하는 인간이 있었다니. 인간이 우리를 부른 게 도대체 얼마 만이지?]
　"으, 으으…"

　전형적인 악마의 형상을 한 존재를 보고 최 기자는 떨었다. 곧 악마의 손짓 한 번에 평정을 되찾았다.

　[일단 정신이 온전해야 대화를 하지.]
　"음!"

　냉철하게 머리가 회전하는 것을 느끼며, 최 기자의 기자 본능이 깨어났다.

　"악마가 실제로 존재했었단 말입니까? 영혼을 대가로 계약을 하는?"
　[그래. 이렇게 우릴 소환한 인간들은 영혼을 대가로 우리와 계약하곤 했지.]
　"영혼을 빼앗기면 어떻게 되는 겁니까?"
　[네가 상상하는 그 무엇보다 안 좋을 거다. 그 모든 것들보다도.]
　"으음."

최 기자의 얼굴에 두려움이 스쳤다. 준비했던 소원을 비는 건 더 고민해볼 문제 같았다. 그보다는 이 뜻밖의 인터뷰를 계속하고 싶었다.

"그런데 악마 소환 의식은 얼마나 오랜만입니까?"

[수백 년은 됐을걸. 이 시대에는 처음이다.]

"그러면 악마는 인간이 소환해주지 않아서 수백 년간 활동을 못 한 겁니까?"

[우리는 그렇게 수동적인 존재는 아니다. 악마 소환법 같은 걸 우리가 아닌 그 누가 알려줬겠나? 그냥 하나의 수법일 뿐이다. 어떤 방식으로든 활동할 수 있다.]

"그런데 왜 수백 년 만에…"

[아니, 우리는 계속 활동하고 있었다. 단지 그게 소환을 통한 계약이 아니었을 뿐이지. 여러 가지 방법 중에 가장 효율적인 방법이 탄생했고 유행하며 자리 잡았다. 그 방식으로 우리는 예전보다 훨씬 더 많은 영혼을 손쉽게 수집하고 있지.]

　최 기자의 두 눈이 커졌다. 이 시대에도 악마들이 활동하고 있었다니!

　[사실 예전의 방식은 너무 비효율적이었다. 무슨 소원이든 들어줘야 하고 지속을 위한 관리까지 해줘야 했으니까. 아무리 우수한 악마라도 많은 계약을 맺을 수 없었지. 심지어는 천사들이 훼방을 놓기도

하니, 원! 그에 비하면 요즘의 방식은 대단하지. 수십 배는 더 많은 영혼을 쉽게 빼앗으니까 말이다.]

침을 꿀꺽 삼킨 최 기자는 묻지 않을 수가 없었다.

"어떤 방법을 사용합니까? 현 시대의 악마들은 어떤 방법으로 인간의 영혼을 빼앗아 갑니까?"
[글쎄? 비밀을 말해줘도 되려나?]

악마는 말은 그렇게 했지만, 쉽게 털어놓았다.

[안 될 건 없지. 간단하다. 요즘 우리는 악마로서 강림하는 게 아니라, 그냥 인간으로 태어나서 인간의 삶을 산다.]

그 말을 듣자마자 최 기자는 무슨 일인지 알 것 같았다.

"아, 지금 이 세상에 악마 같은 놈들이 그럼 죄다…"
[아니. 아니다.]

고개를 흔든 악마는 말했다.

[인간인 척하고 뭔가를 꾸미는 게 아니다. 인간으로 태어난 우리는 너희와 똑같이 평범한 인간의 삶을 산다. 스스로도 인간인 줄로만 알

지, 악마라는 것도 기억 못 한다.]

　"네?"

　최 기자는 쉽게 이해할 수 없는 듯 미간을 좁혔다.

　"그게 뭐죠?"

　[말 그대로. 평범하게 한 인간의 일생을 살다가 죽는다는 거다. 태어나 부모님의 사랑을 받으며 자라고, 학교에 들어가 친구를 사귀고, 추억을 만들고, 연애도 해보고, 무언가 꿈을 이루기 위해 노력하기도 하고, 사람을 잃는 아픔에 울기도 하고. 성인이 되면 사회에 나가 원하든 원치 않든 많은 인간관계를 만들기도 하고, 가정을 이루기도 하고, 아이들을 위해 살 적도 있고, 삶을 돌아보며 여유를 즐길 때도 있고, 쓸쓸하게 혹은 풍요롭게 죽음을 맞이하기도 하고. 말 그대로, 정말 평범한 한 인간의 일생을 산다.]

　최 기자는 더욱 이해할 수 없었다.

　"내가 악마라는 자각도 없이, 그냥 평범한 인간의 일생을 살다가 죽는다고요? 그게 답니까?"

　[그래. 그것만으로도 충분하지. 사실 악마라는 자각을 하고 살았다면, 천사들에게 명분이 주어져. 그건 좋지 않지.]

　"자각도 없이 어떻게 다른 인간의 영혼을 빼앗을 수 있다는 겁니까?"

[그게 가장 멋진 점이지.]

악마는 기분 좋게 입꼬리를 올렸다.

[그냥 평범하게 살기만 해도 자연스럽게 계약을 하게 되거든. 네 삶을 돌아봐.]
"…"
[초등학교 때부터 쭉 살면서 친구든 누구든, 너한테 돈을 빌려달라고 한 사람 없나? 혹은 네가 빌린 적은?]

최 기자는 미간을 찌푸렸다. 너무 많아서 생각이 안 날 정도다.

[그런데 만약, 네가 돈을 빌린 상대가 사실 자기도 모르는 악마였다면 어때? 돈을 빌리고 갚겠다는 약속을 했다면? 그건 악마와의 계약이다.]
"뭐라고요!"

최 기자는 두 눈을 부릅뜨고 경악했다! 악마는 그 반응을 즐기며 말했다.

[돈을 갚는다면야 아무 문제가 없지. 하지만 인간들은 참 희한하더라고. 사정사정해서 돈을 빌릴 때는 큰절이라도 할 것처럼 고마워하더니, 갚을 때는 자기 생돈이 나가는 것처럼 아까워하거든. 오히려 갚

　　　　　　　　　　　악마의 새로운 수법

을 때가 되면 누가 상전인지 헷갈릴 지경이야. 애원까지 해야 겨우 받아. 그렇게라도 받으면 다행이고, 태도가 기분 나빠서 못 주겠다느니, 기억이 잘 안 난다느니.]

"으으…"

[학창 시절에 얼마든, 사회에 나와서 빌린 돈이든 보증이든 뭐든, 그 돈을 안 갚고 죽는 인간들은 악마와의 계약을 어긴 것이 된다. 그럼 그 영혼은 악마의 것이지.]

최 기자의 두 눈이 사정없이 떨렸다.

"이, 이건 너무하지 않습니까? 고작 그런 것으로 영혼을 빼앗기다니!"

[고작이라니? 계약이다. 애초에 빌린 돈을 갚았으면 전혀 문제가 없지 않나?]

"하지만 상대가 악마인 줄 모르고 빌리지 않았습니까? 알았다면 무슨 수를 써서라도 갚았을 겁니다! 아니, 빌리지도 않았을 겁니다!"

악마는 비웃었다.

[상대가 인간이냐 악마냐에 따라서 돈을 갚고 말고가 달라지는 게 인간인가? 악마의 돈은 떼먹으면 큰일 나니까 안 빌리고, 인간의 돈은 떼먹어도 안전하니까 빌릴 수 있고? 나 원, 도대체 누가 악마인 줄

모르겠군.]

"그건…"

[간단하다. 돈을 빌렸으면 돈을 갚으면 된다. 그러면 우리 악마에게 영혼을 빼앗길 일은 없다. 원한다면 이 이야기를 마음껏 세상에 떠벌리고 다녀도 좋다. 얼마든지 도와주지.]

악마의 표정은 자신에 차 있었다. 이 비밀이 세상에 알려지든 말든, 전혀 타격은 없을 거라는 듯이.

딱딱하게 굳은 얼굴로 할 말을 잃고 있던 최무정은 끝내, 이렇게밖에 물을 수 없었다.

"악마에게 영혼을 빼앗기면 어떻게 됩니까? 구체적으로 어떤 일이…"

·
·
·

최 기자는 악마와의 인터뷰를 세상에 발표했다.

"악마는 지금도 본인이 악마인 줄 모르고 평범하게 살고 있습니다. 여러분이 빌린 그 돈이 인간의 돈인지, 악마의 돈인지… 잘 생각해보시길 바랍니다."

이 충격적인 인터뷰가 나가고, 또 악마의 힘으로 증명된 이후.

악마의 새로운 수법

세상은 바빠졌다. 오래된 전화번호부를 뒤지고, SNS로 메시지를 보내고, 지인에 지인을 거쳐 수소문하고…

"어, 어! 오랜만이야, 영미야! 있잖아, 예전에 내가 빌린 돈 말이야…"

"미안하다, 경수야! 요즘 어떻게 지내? 보증 때문에 너 힘들어했단 소식 듣고 나 정말 그때는 죽으려고도 했었는데…"

"사실은 내내 마음에 신경이 쓰였었는데, 너무 미안해서 연락을 못 했었어. 저기, 그때 내가 빌린 돈이 정확히 얼마였지?"

부자의 수집 욕구

　정재준은 최근, 코딩은 체력이라는 말을 실감하고 있었다. 학창시절 유도로 쌓아온 체력도 오늘처럼 새벽에 퇴근할 때는 소용이 없었다. 얼른 자취방 침대에서 눕고 싶다는 생각 하나로 골목길에서부터 열쇠를 꺼냈다.

　다세대주택의 파란 대문을 열고 들어가려던 정재준은, 문이 열려 있는 것을 발견했다. 이상하게 생각할 것도 없이 바로 들어서는데, 2층 계단에서 내려오던 무언가와 마주치고 말았다.

　"어?"

　검은 복면의 사내가 정재준을 보고 움찔 놀라더니, 빠르게 습격해왔다!

　한순간, 도둑이라는 생각과 동시에 정재준의 몸이 자동으로 반응했다. 시퍼런 칼을 찔러오는 복면인의 팔을 잡아채어 그대로 엎어쳤다!

"컥!" 충격으로 소리를 지른 복면인은, 다른 손으로 정재준의 눈 쪽을 찔러왔다! 얼른 피한 정재준이 물러서자, 벌떡 일어난 복면인이 허겁지겁 도망쳤다.

"뭐, 뭐야?"

너무 놀란 정재준은 쫓아갈 생각도 못 할 정도로 주저앉아 숨을 몰아쉬었다. 그러다 문득, 희미하게 풍겨오는 피 냄새에 미간이 좁아졌다. 그의 시선이 복면인이 두고 간 칼로 향했다.

:
:

['성북구 연쇄살인마'의 실체가 처음으로 밝혀졌습니다. 지난밤 여섯 번째 피해자의 집을 벗어나던 살인마는 시민 정 모 씨와 몸싸움을 벌였는데요.]

"씨발, 뭐 벌써 뉴스가 터져?"

짜증스럽게 TV를 끈 최 반장이 형사들을 돌아보며 물었다.

"칼에서 나온 지문이 저번에 나온 지문이랑 똑같아? 확실히 그 새끼야?"

　김남우 형사가 고개를 끄덕이며 말했다.

　"네. 저번 현장에서 나온 지문들 중 하나랑 일치하고, 살해 방식도 똑같습니다. 그 새끼 확실히 맞습니다."
　"아오, 씨발! 근데 왜 이번엔 성북구가 아니냐고?"
　"아무래도 수사가 집중되다 보니 활동 반경을…"
　"염병! 벌써 여섯이야, 여섯!"

　최 반장이 김남우의 말을 끊으며 소리 질렀다.

　"여섯이 죽는 동안 그 새끼 꼬리 하나 못 잡고, 일반 시민이 경찰보다 먼저 단서를 잡아? 이러고도 못 잡으면 다들 옷 벗을 각오해! 다시 가서 유도맨한테 단서를 숨소리까지 다 긁어모으고, 그 범인이 놓고 간 칼! 그 칼 판매처랑 뭐랑, 전국의 모든 가게 다 돌아!"

　굳은 얼굴로 대답한 형사들이 경찰서를 나섰다. 지난 3개월간 대놓고 활보한 성북구 연쇄살인마에 대한 증오는 이미 사기충천했다.

　　　　　　　　　　　　　　부자의 수집 욕구

．
．
．

　김남우는 성북구 연쇄살인마를 잡기 위한 가장 큰 단서, 칼을 맡아 탐문 수사에 들어갔다. 주로 낚시용품점에서 많이 판다던 사실을 알아내어 성북구를 중심으로 모든 가게를 돌아보는 중이었다. 다만, 이런 식으로 범인을 잡을 수 있을지 확신은 없었다. 이 흔한 칼을 몇 달 전에 누가 사 갔는지 어떻게 기억할 것이며, 기억한다 하더라도 CCTV 같은 거라도 있겠는가? 그냥 지푸라기라도 잡는 심정으로 발품을 팔 뿐이었다.

　이틀 동안 사람들을 찾아다니던 김남우에게, 처음으로 누군가 먼저 접근했다. 40대 후반으로 보이는 깔끔한 정장 차림의 사내였는데, 그는 김남우가 기대한 목격자는 아니었다. 다만, 김남우의 마음을 크게 뒤흔들 사람이긴 했다.

　"안녕하십니까, 김남우 형사님. 조카 병원비는 처리하셨습니까?"

　카페에 마주한 사내는, 김남우에게 단도직입적으로 제안했다.

　"성북구 연쇄살인마의 이번 증거, 그 칼을 제게 넘겨주신다면 현금으로 1억을 드리겠습니다."
　"뭐요?"

대번에 인상을 찌푸린 김남우의 말투가 곱게 나오지 않았다.

"당신 뭐야? 그 새끼랑 뭐라도 돼? 지금 대한민국 형사 상대로 무슨 말을 하는지 알아!"

사내는 여유 있게 웃으며 설명했다.

"아니요. 저는 그를 모릅니다. 그냥 저는 평범한 부자입니다. 부자들이 돈을 어디다 쓰는지 궁금하지 않으십니까? 어차피 보통 사람이나 부자나 소비는 비슷합니다. 재산이 백 억 있다고 재산이 천만 원 있는 사람보다 천 배 비싼 밥 먹지는 않거든요. 몇 천짜리 자동차나 몇 억짜리 자동차나, 그게 몇 십 배 차이는 아니지 않습니까? 부자가 돈을 보통 사람보다 몇 백, 몇 천 배씩 돈을 쓰는 분야는 결국 하나입니다. 과시욕을 충족시켜줄 수 있는 아이템 말입니다."

"뭐?"

"성북구 연쇄살인마가 살인에 썼던 그 칼에 제 수집 욕구가 일어났다는 말입니다."

"미친!"

김남우가 노골적으로 혐오하는 표정을 짓자, 사내가 날카롭게 말했다.

부자의 수집 욕구

"조카 분의 백혈병 치료비가 많이 들지 않습니까? 지금 제가 제안한 1억을 거절한다면 어떤 방법이 있을까요?"

김남우의 표정이 딱딱하게 굳었다. 사내의 말대로, 현재 김남우의 최고 걱정거리가 바로 그거였다. 사내는 말을 잃은 김남우를 향해 빙긋 웃으며 설명했다.

"그냥 똑같은 디자인의 칼로 바꿔치기하면 되지 않습니까? 어차피 지문이야 이전 사건의 다른 증거랑 겹치고, 또 이미 칼 검사를 다 했을테니까 자료로 다 남아 있을 테고. 그래도 정 걱정되면, 탐문 수사 중에 실수로 지문이 겹쳐버렸다고 변명이라도 하면 되지 않겠습니까? 욕 좀 먹고 조카 분의 목숨을 살리는 겁니다."

"이 자식이!"

"도덕적으로 문제 될 것도 없지 않습니까? 그 칼을 제게 넘기지 않는다고 이미 죽은 피해자가 살아나는 것도 아니고, 잡힐 범인이 안 잡힐 것도 아니고."

김남우는 당장 허튼소리 하지 말라고 소리쳐야 하겠지만, 그러지 못했다. 타이밍 좋게 일어난 사내가 김남우의 앞에 명함을 내려놓았다.

"생각할 시간을 드릴 테니, 결정하시면 연락해주십시오. 저는 뭐 거절하셔도 크게 미련은 없습니다. 그냥 제안 정도를 드려본 겁니다."

김남우는 명함을 노려보다가, 사내가 떠나는 뒷모습을 돌아 보았다. 혹시 저 자가 범인이거나, 범인의 동조자일 가능성이 있 을까?

목격자 정재준이 말한 대로라면 저런 짧고 통통한 체형은 범 인이 아니다. 동조자라고 하기엔, 그 칼을 빼내온다고 범인에게 무슨 도움이 될까? 그렇다면 남은 건 정말 부자의 악취미라는 말인데…

"1억이라고…?"

명함을 집어 든 김남우의 두 눈이 사정없이 흔들렸다.

．
．
．

김남우는 고민했다. 범인을 찢어죽이고 싶다며 우는 유가족 을 보며 고민했고, 욕먹어가면서 열심히 뛰어다니는 동료들을 보며 고민했고, 밖에 놀러 가고 싶다는 조카를 보며 고민했고, 대출 그만하고 네 인생 챙기라는 누나를 보며 고민했다.

그 고민에 결정적인 역할을 한 건 사내가 했던 그 말이었다.

부자의 수집 욕구

'도덕적으로 문제 될 것도 없지 않습니까? 그 칼을 제게 넘기지 않는다고 이미 죽은 피해자가 살아나는 것도 아니고, 잡힐 범인이 안 잡힐 것도 아니고.'

김남우는 합리화를 시작했다. 칼의 지문은 이미 모두 떠놓았고, 그게 아니더라도 그 새끼의 다른 지문 증거가 있다. 사실상 수사에 영향은 없다. 유가족에게는 기분 나쁜 일일지도 모르겠지만, 칼을 바꿔치기한다고 죽은 사람이 되돌아오는 건 아니다. 대신에 한 목숨이 살아날 수 있다. 그는 결국, 명함의 번호로 전화를 걸었다.

"1억… 현금으로 확실합니까?"

[아, 형사님. 물론입니다.]

"절대 비밀이 새어나가지 않게…"

[당연합니다. 알려져 봐야 저도 좋을 게 없으니, 그건 걱정하지 않으셔도 됩니다.]

"…이틀 뒤에 봅시다."

전화를 끊은 김남우는 스스로에게 끊임없이 합리화했다.

동료들도, 유가족도, 누구에게도 피해가 없는 일이야. 만약 이일로 경찰복을 벗는 한이 있더라도, 난 후회하지 않는다. 조카의 생명을 구하기 위해서니까.

.
.
.

    김남우는 바꿔치기할 칼을 대충이나마 비슷하게 만들면서, 이 가짜를 대신 넘길까도 생각했다. 그러나 곧 허튼 생각을 버렸다. 억 단위로 수집하는 부자를 속일 자신이 없었다. 김남우는 약속한 날, 폴리백에 보관된 진짜 칼을 사내에게 넘겼다. 사내는 감탄하며 칼을 관찰했다.

    "오오오! 이 칼로 그가 여섯 명이나 죽인 거군요. 멋집니다, 정말!"

    김남우는 그 반응이 역겨웠지만, 별다른 말은 꺼내지 않았다. 그냥 사내가 준 돈을 확인하자마자, 바로 자리에서 일어났다.

    "다신 보지 맙시다. 우린 서로 만난 적도 없는 사이입니다."
    "물론입니다. 형사님과 저는 만난 적도 없고, 이런 거래를 한 적도 없는 사이입니다. 연락처도 지웠습니다."

    김남우는 웃고 있는 사내를 두고 돌아섰다. 정직하지 못한 짓을 저질러 가슴 한편이 무거웠지만, 조카를 생각하며 고개를 저었다.

:
:

최 반장은 화가 폭발해 소리쳤다.

"아니, 벌써 며칠쩬데 단서 하나 못 잡고 있어? 너희들이 그러고도 나랏밥을 먹어 이 새끼들아! 서울에 블랙박스랑 CCTV가 이렇게 많은데, 그림자 하나 못 잡아!"

그의 앞에 늘어선 형사들은 할 말이 없어 시선을 피했다.

"목격자 있고, 증거 있고, 다 있는데 왜 못 잡아? 씨발, 내가 요즘, 어휴!"

답답한 숨을 내쉰 최 반장이 김남우를 보며 말했다.

"야! 그 칼 어디서 누구한테 팔았는지 알아냈어?"

김남우는 속으로 뜨끔했지만, 최대한 침착하게 답했다.

"그게, 다들 기억도 못 하고… 일단 성북구 쪽은 거의 모르겠다고 말은 하는데 말입니다. 이 방법으로는 아무래도 좀…"
"그래서 놀 거야? 어! 서울 다 뒤져! 외국인이나 미성년자나 기억나는 사람 있으면 무조건 다 들어두라고!"

"예!"

"그리고 너희들은 가서!"

최 반장이 지르려던 소리는, 갑자기 달려 들어온 형사의 외침에 막혔다.

"반장님! 이, 일곱 번째입니다! 신고가 들어왔는데, 또 그 새끼 같답니다!"

"뭐? 이런, 씨발! 어딘데? 성북구?"

"그게 좀, 멉니다!"

"아오, 씨발!"

최 반장이 벌떡 일어나고, 일그러진 얼굴의 형사들이 모조리 출동했다.

. . .

사건 현장으로 향하던 차 안에서 김남우는 마음이 좋지 않았다. 연쇄살인마나 자신이나 더러운 건 매한가지라는 생각이 머리를 스쳤다. 이 찜찜함을 없애기 위해서는 자신의 손으로 그 새끼를 잡는 수밖에 없어 보였다.

차가 현장에 도착하자마자, 최 반장이 내리며 소리쳤다!

"야, 씨발! 또 그 새끼 맞아? 갑자기 웬 강남이야?"

현장의 경찰이 바로 달려와 보고했다. 그 모습을 본 순간, 김남우의 머리가 새하얗게 비었다.

"네! 성북구 연쇄살인마 맞습니다! 이번에도 범인이 칼을 놓치고 갔는데, 저번과 똑같은 제품입니다! 검사 결과 지문도 일치합니다!"

최 반장이 받아든 폴리백 속 칼은, 김남우에게 너무 익숙한 바로 그 칼이었다. 이해할 수 없는 상황에 김남우의 두 눈이 사정없이 흔들렸다.

'같은 칼이라고? 저건 진짜 그 칼이잖아? 그 칼이 왜 여기에? 왜 저게 여기에…'

김남우가 멍청한 얼굴로 굳어 있을 때, 일곱 번째 피해자의 남편이 달려왔다. 그는 최 반장의 멱살을 잡아 흔들며 울부짖었다!

"우리 아내를 죽인 게 그 성북구 연쇄살인마지? 맞지! 이 씨발! 경찰들은 뭘 한 거냐고! 우리 아내 살려내라고! 살려내!"

그 사내였다. 김남우에게서 칼을 사간, 바로 그 부자였다. 온몸에 소름이 돋은 김남우는 그를 멍하니 바라보고 있을 수밖에 없었다.

　"경찰이 그 새끼를 진작 잡았으면 우리 아내가 안 죽었잖아! 살려내라고!"

　최 반장에게 울며불며 매달리던 그와 눈이 마주친 김남우는, 아무 말도 할 수 없었다. 그 차가운 눈동자가 이렇게 말하는 듯했다.

　'우리 만난 적 없기로 했죠? 그렇죠?'

　　　　　　　　　　　　　　　　　　　　부자의 수집 욕구

내 아내는 인간입니다

세계적으로 손꼽히는 천재, 두석규 박사는 인공 피부 연구로 유명했다. 사업성을 본 대기업이 그를 크게 후원했고, 그는 상품화가 가능한 인공 피부 기술을 내놓았다. 어떤 피부도 아기 피부처럼 재생하는 그 기술은 미래에서 훔쳐왔단 말이 나올 정도로 충격적인 수준이었다. 그것만으로도 세상은 두석규를 천재라며 치켜세웠는데, 알고 보니 그는 일반인의 상상을 초월하는 초 천재였다.

"세상에나! 그러니까, 두석규 박사의 아내가 실은 기계였다는 말이야? 말도 안 돼!"

두석규 박사의 아내 홍혜화가 사실은 기계였다, 이 충격적인 소식은 성폭행범의 입을 통해 밝혀졌다.

"하면서 알게 됐단 말입니다! 그녀는 기계였습니다!"

경찰에 붙잡힌 범인의 주장은, 자신이 덮친 건 기계이기 때문에 성폭행 죄가 성립되지 않는다는 것이었다. 처음에는 당연히 미친 소리로 취급했다. 홍혜화는 TV에도 몇 번 출연할 정도로 유명한 셀럽이었고, 그 누구도 기계란 생각을 못 할 정도로 완벽한 인간이었으니까. 한데 범인은 증거까지 내놓으며 필사적으로 주장했고, 결국 두석규 박사가 사실을 고백했다.

"맞습니다. 제 아내 홍혜화는 인공지능 로봇입니다. 3년 전 사고로 아내를 잃었을 때, 저는 아내를 보낼 수 없었습니다. 그래서 제 손으로 아내를 만들었습니다."

3년 전부터 홍혜화가 기계였다니! 이 충격적인 진실에 모두가 경악했고, 범인은 의기양양했다.

"그것 봐! 내 말이 맞지? 그러니까 난 죗값을 치르지 않아도 된다고!"

눈살 찌푸려지는 꼴이었지만, 비싼 변호사까지 동원한 그의 주장에 빈틈은 없었다.

내 아내는 인간입니다

"실제 인간도 아닌 기계를 성폭행한 일로 벌을 받을 순 없습니다. 그렇게 치면, 섹스토이를 사용한 사람은 모두 범죄자가 되는 겁니까?"

분노한 두석규 박사는 강력하게 그의 처벌을 주장했다.

"아내가 인공지능 로봇인 건 맞습니다. 하지만 제게는 사랑하는 아내입니다. 지난 3년간, 저에게 아내는 인간이었습니다. 그놈이 처벌받지 못한다는 건 절대 받아들일 수가 없습니다!"

이 흥미로운 사건에 대한 여론은 반으로 갈렸다.

"범인이 진짜 재수 없기는 한데, 사실 틀린 말은 아니지. 기계가 인간은 아니잖아? 기계를 성폭행했다고 죗값을 받는 건 우스운 일이야."

"뭐가 우스운 일이야? 홍혜화는 눈물도 흘리고, 유머도 하고, 심지어 SNS까지 했어. 3년이나 한 집안의 여인으로 살았다고! 그리고 이 사건에서 중요한 건 남편인 두석규가 홍혜화를 진짜 아내로 생각한다는 것이야. 그것에 초점을 맞춰야지!"

"아니지. 그녀의 행동은 다 인공지능 프로그래밍에 불과해. 아무리 인간처럼 대한다 해도 기계가 인간이 될 순 없어. 감정적으로 접근해서 이런 선례를 남긴다면, 미래에 어떤 악영향을 줄지 생각해봤어? 미래에 수많은 인공지능들이 탄생할 텐데, 그들에게 모두 인권을 줄 생각이야?"

"인간이 뭐 얼마나 대단하다고, 그깟 인권의 기준이 뭔데? 홍혜화는 지난 3년간, 그리고 앞으로도 계속 두석규의 아내로 살 거라고!"

여론은 치열했지만, 법원의 판단은 엄밀했다. 재물손괴죄를 적용할 수는 있겠으나, 성폭력죄를 적용할 순 없다는 판단.

두석규 박사는 크게 분노했다.

"내 아내는 물건이 아니란 말입니다!"

그는 국가를 상대로, 세상을 상대로 시위했다.

"아내 홍혜화를 인간으로 인정해주십시오."

그의 편에서 응원하는 사람도 있었지만, 냉정하게 반대하는 사람도 많았다. 흔한 SF 영화의 화두처럼, '인공지능은 인간이 될 수 있는가?'는 어려운 숙제였다.

한데, 천재 두석규 박사의 주장은 놀라운 점이 많았다.

"내 아내를 인간으로 인정할 수 없단 말이지요? 그럼, 지하철 시 공모전에 당선된 제 아내의 작품은 내려야겠군요? 기계가 만든 문학을 인정할 수 있습니까?"

듣고 보니, 고민해볼 문제였다. 아무래도 홍혜화의 시가 내려가는 방향으로 갈 것 같았다.

"내 아내를 인간으로 인정할 수 없다면, 3년간 아내가 국가에 낸 세금은 돌려주는 겁니까? 건강보험은요? 기계에게 세금을 걷을 건 아닐 거 아닙니까?"

듣고 보니, 그 말이 맞았다. 인간으로 인정할 수 없다면 세금을 걷어도 안 되는 일이었다.

결정적으로, 두석규 박사의 마지막 주장이 아주 강력했다.

"정말로 내 아내가 인간이 아니라면! 지난 대선에서 내 아내가 행사한 한 표는 무효가 되는 겁니까?"

이 질문은 전국을 뒤집어놓았다. 왜냐면, 1년 전의 대통령 선거 결과가 단 한 표 차이였기 때문이다. 믿을 수 없는 결과에 두 번이나 재검표를 했지만 그래도 단 한 표 차이였다. 야당은 얼씨구나, 급히 주장했다.

"홍혜화는 기계이므로 그 한 표는 명백히 무효입니다! 그럼 투표 결과는 동률이 되어 나이순으로, 우리 정재준 대표가 대통령입니다!"

여당과 정부, 현 대통령의 지지층은 난리가 났다. 거짓말이라고 주장하기에는 홍혜화의 SNS에 투표 인증사진이 있었고, 심지어 현 대통령에게 표를 찍은 사진까지 새로 올라왔다.

"내 아내를 인간으로 인정할 수 없다면, 그렇게 합시다. 그 새끼에게 죄를 적용하지 않아도 됩니다. 대신, 기계가 한 모든 행위는 바로잡아야지요. 세금 돌려주시고, 대통령도 바꿔주십시오!"

이젠 사람들에게도 한발 물러서 바라보던 일이 아니게 되었다. 안 그래도 지지층이 박빙이었던 대선이었으니, 전국적으로 싸움이 폭발했다. 기계라고 주장하던 이들도 인간으로 인정해야 한다며 말을 바꾸고, 인간으로 인정하자던 이들도 기계는 역시 기계일 뿐이라고 주장했다. 언론 방송의 여론전도 치열했다. 한편에선 인공지능에 의한 인류 멸망 시나리오를 만들고, 한편에선 성범죄의 끔찍함에 대해 떠드는가 하면, 〈매트릭스〉, 〈블레이드 러너〉, 〈터미네이터〉, 〈A.I.〉 같은 영화들을 쉴 새 없이 틀어댔다.

'홍혜화를 인간으로 인정하고 범인을 처벌해야 한다!' vs '홍혜화는 기계이므로 범인을 풀어주고 현 대통령도 바뀌어야 한다!'

내 아내는 인간입니다

한동안 정말 치열한 공방이 오고 간 결과, 승리한 것은 여당이었다. 지난 1년간 정부를 꾸린 힘이 적용되기도 했지만, 두석규의 드라마가 결정적이었다.

"제가 바라는 건 그저 평범한 일상입니다. 지난 3년간 그래왔듯이 아내와 함께 집으로 돌아가고, 소파에 앉아 좋아하는 TV 프로를 함께 보고, 주말이면 함께 나들이를 나가고, 가끔은 지인들을 만나 즐거운 시간을 보내는 것 말입니다. 이대로 제 아내가 기계로 남게 된다면, 제가 과연 일상을 지킬 수 있을지 두렵습니다."

아내를 위해 국가까지 상대하는 한 인간을 보면 응원하고 싶어진다. 그가 홍혜화를 인간이라고 생각한다면, 세상 누가 뭐라 해도 그에게만은 홍혜화가 인간이지 않을까?

결국 홍혜화를 성폭행한 범인은 징역 7년 형을 받았고, 두석규는 기쁨의 눈물을 흘렸고, 현 정권은 대통령을 지켰으며, 홍혜화는 정부 공인 인간이 되었다.

두석규와 홍혜화 부부가 공식적으로 결함이 없는 한 부부로서 집으로 돌아간 날, 집 앞에 몰려든 취재진 앞에서 두석규는 선언했다.

"정부에서 인정했고 법적으로도 제 아내는 인간입니다! 앞으로 누구든 아내를 기계 취급하는 사람은, 절대 용서하지 않을 겁니다!"

터지는 환호를 뒤로 하며 부부는 집으로 들어갔다. 현관문이 닫히자마자, 두석규는 소파로 직행했다. 그는 리모컨으로 TV를 켜며 바라보며 무표정하게 말했다.

"커피 먼저 해오고 설거지랑 청소기 좀 돌려. 끝나고 욕실 좀 청소해야겠더라. 저녁은 9시쯤 먹을게."
"네."

크리스마스를 망치는 남자

크리스마스다.

친구들이랑 놀러 갔던 중학생 아들은 저녁이 되기 전에 집으로 돌아왔고, 아버지는 숨겨둔 선물을 꺼냈고, 어머니는 호텔에서 산 비싼 케이크를 개봉했다.

불과 10분 전까지만 해도 단란했던 김남우네 가족은, 복면을 쓰고 침입한 사내의 시퍼런 칼날 앞에 포박당했다.

"난 크리스마스가 너무 싫어. 속이 답답해서 미칠 것 같아. 어느 가족이든 하나는 망쳐놔야 얹힌 게 내려갈 것 같아."

차라리 돈이 목적이었다면 좋았을 텐데, 복면 너머로 보이는 사내의 눈은 오직 죽일 사람만을 탐색하는 듯했다.

밧줄로 묶인 상태에서도 아이를 뒤로 숨긴 부부는 사내를 올려다보며 간절하게 빌었다.

"살려만 주신다면 돈은 얼마든지 드리겠습니다!"
"신고 안 할 테니까 그냥 가 주세요. 정말이에요. 제발요. 오늘은 크리스마스잖아요. 네? 제발요."

복면 사내는 냉정하게 고개를 저었다.

"크리스마스니까 고를 기회를 준 거 아니야? 셋 중 누굴 죽일지 정해. 정 못 고르겠다면, 그냥 애를 죽여야겠네."

사내의 칼날이 아이에게로 향하자, 김남우가 다급하게 외쳤다.

"아, 알겠습니다! 알겠습니다!"

김남우는 아내를 돌아보며 결연한 얼굴로 말했다.

"당신, 나 없이도 우리 아들 잘 키워야 해."
"무슨 소리야! 오빠 없이 내가 애를 어떻게 키워! 차라리 내가 희생할게!"
"안 돼! 당신이 죽는 모습을 보느니, 내가 죽는 게 백번 천번 나아!"
"오빠, 제발…"

눈물범벅의 가족 신파가 이어질 때, 사내의 목소리가 끼어들었다.

"정 그렇다면, 방법이 하나 있는데 말이야."

가족의 고개가 황급히 돌아갔다.

"정말입니까? 예! 살려주십시오!"
"방법이 뭔데요? 네? 방법이 뭔데요!"

복면 사내는 거실의 벽시계를 한 번 돌아본 뒤에 말했다.

"아직 시간이 있군. 만약 당신들이 충분한 정보만 준다면, 내가 다른 집으로 가줄 수도 있어."
"네?"
"당신들 대신 다른 가족을 팔아넘겨도 된단 말이야. 단! 조건이 있어. 여기서 너무 멀면 안 되고, 어린아이가 있는 단란한 가족이어야 해. 집에 부부를 제외한 어른이 있어선 안 되고, 아이는 중학생 이하. 그리고 침입이 너무 어려운 아파트 같은 곳도 안 돼. 어때? 이 조건에 맞는 사람을 알아?"
"그런…"

부부의 표정이 난감해졌다. 그 모습을 본 사내가 칼을 고쳐잡으며 물었다.

"왜? 죄책감 때문에 안 되겠어?"
"아, 아니! 아닙니다!"

자기도 모르게 대답한 김남우가, 황급히 아내를 돌아보았다.

"여기 동네에 그런 집 있지? 당신이 아는 집 있을 거 아니야!"
"어? 내가 이웃을 어떻게 알아! 요즘 이웃이랑 친하게 지낼 일이 뭐가 있어!"
"대충 짐작 가는 집이라도 없어?"

혼란스러운 얼굴의 아내가 생각해볼 때, 복면 사내가 고개를 저으며 끼어들었다.

"아주 잘 알고 있는 집이어야 할 거야. 만약 내가 말한 조건에서 하나라도 어긋난다면, 다시 돌아와서 아이를 죽여버릴 거니까."
"아!"
"그리고 크리스마스가 지나선 안 되니까, 최대한 빨리 말해줬으면 좋겠네. 5분 줄게."

크리스마스를 망치는 남자

깜짝 놀란 부부의 눈이 커졌다. 다급해진 김남우가 사내에게 다시 물었다.

"어떤 조건이라고요?"

"어린아이가 있는 가족. 집에 어른은 부부 둘만 있어야 하고. 여기서 너무 멀면 안 되고, 아파트도 안 돼. 지금 확실하게 모두 집에 있어야 하고. 내가 갔을 때 만약 조건이 맞지 않는다면, 여기로 다시 돌아올 거야. 그땐 더 기회가 없어."

"으…"

"시간이 없군. 빨리 대답해. 그런 집을 알아?"

복면 사내의 재촉에, 아내가 다급하게 말했다.

"치열 씨! 치열 씨네 있잖아! 치열 씨네 아이도 초등학생이잖아!"

"뭐? 치열이?"

김남우의 눈동자가 흔들렸다. 20년 지기 친구 공치열을 팔아넘기자고?

아내는 퍼뜩 또 생각났는지, 하나의 이름을 더 불렀다.

"아니면 재준 씨! 맞다, 재준 씨는 바로 근처에 살잖아!"

"그건…"

김남우의 얼굴이 일그러졌다. 공치열과 정재준. 확실히 복면 사내가 말한 조건에 딱 맞는 두 가족이었다. 그 둘 중 하나에 이 살인마를 보낼 수밖에 없단 말인가?

  아내는 표정으로 김남우를 재촉했다. 둘 중 하나를 선택하는 것밖에 방법이 없다는 걸 당신도 알고 있지 않냐는 듯한 눈초리였다. 인정할 수밖에 없는 현실 속에서, 김남우는 고민했다.

  이 미친 살인마를 공치열에게 보낼 것인가, 정재준에게 보낼 것인가?

  "3분 남았어. 대신할 가족이 떠오른다면 빨리 말해줘."

  살인마의 재촉에 김남우의 표정이 다급해졌지만, 선뜻 입이 열리지 않았다. 둘 중 하나를 고르기엔 둘 다 너무 소중한 친구였다. 옆에서 지켜보던 아내가 답답했는지 재촉했다.

  "조금 덜 중요한 사람을 고르면 되잖아! 누구랑 더 친한데?"
  "누구랑 친하냐고?"

  공치열은 알고 지낸 지 20년이나 되는 말할 것도 없는 사이였다. 그렇다고 정재준을? 요즘 누구보다 자주 만나는 친구가 정재준이다. 직장에서 만난 사이이긴 했지만, 최근 1년간 공치열보다 훨씬 더 많은 시간을 함께했다. 사실, 사업에 바쁜 공치

크리스마스를 망치는 남자

열과는 근래에 접촉이 뜸하지 않았는가.

어릴 적을 함께한 오래된 친구냐? 현실적으로 가장 많이 만나는 친구냐? 나는 누구와 더 친하단 말인가?

"으…"

심각하게 고민하던 김남우는 끝내, 한 사람을 골랐다.

"치열아, 미안하다…"

김남우는 살인마를 공치열에게 보내기로 했다. 솔직하게 말해서 지금 자신과 더 친한 친구는 정재준이었다. 오늘만 해도 크리스마스라고 안부 전화를 걸어준 건 정재준이었지, 공치열이 아니었다. 그것이 결정적이었다. 연락이 없어도 막연히 '잘 지내고 있겠지'라고 생각하는 사이보다, 자주 연락하며 자주 보는 사이가 더 친한 친구이지 않겠는가?

김남우는 죄책감 가득한 얼굴로, 복면 사내에게 공치열을 팔아넘겼다.

"공치열이라고, 자양동에 사는 친구가 있습니다. 초등학생인 딸이랑 아내랑 셋이서 살고 있습니다. 정확한 집 주소는…"

김남우의 괴로운 말이 이어질 때, 복면 사내가 말을 끊었다.

"아, 잠깐!"

김남우가 말을 멈추고 보자, 사내가 말했다.

"그 가족이 지금 집에 다 있는지 확인해야 하니까, 안부 전화하는 척해서 알아보라고. 크리스마스라고."

"……"

김남우의 두 눈이 사정없이 흔들렸다.
복면 사내의 말투에선 기쁨이 느껴졌다. 이게 바로 그가 원하던 크리스마스라는 듯이.

.
.
.

'치열이냐? 어, 어, 그래. 오랜만이다…'

　　　　　　　크리스마스를 망치는 남자

비밀 금고를 털고 간 소설가

평범한 아침이었어. 아무도 집 안에 무슨 일이 벌어진지 알아채지 못했지. 내가 서재 안에 들어가기 전까진 말이야. 문을 열자마자, 비밀 금고의 문짝이 열린 모습이 보이더군.

"비밀 금고요?"

그래! 지금 자네가 상상하는 재벌가의 비밀 금고! 금괴와 현금 다발이 가득한 비밀 금고 말이야. 내가 얼마나 놀랐을지 상상이 돼? 나밖에 모르는 비밀 금고가 열려 있다? 자기 전까지만 해도 잠겨 있던 비밀 금고가?

심장이 덜컥 내려앉는 기분이었어. 금고를 향해 걸어가는 동안 오만 가지 생각이 다 들었지.

어떻게? 누가 그랬을까? 신고를 해야 하나?

정말이지, 최근 몇 년간 이렇게까지 놀란 적은 처음이었어.

"네…"

나는 금고 문을 아주 천천히 뒤로 당겼지. 혹시, 남은 게 있을까 기대를 했나 봐. 한데 금고 문이 다 열렸을 때, 나는 처음보다 더 놀랐지.

"왜죠?"

모두 그대로 있었거든. 금괴, 현금, 유가증권, 비밀문서, 변함없이 모두 다!

"예?"

아니, 달라진 건 있었어. 금고 안에 원고지 뭉치가 들어 있더군. 소설이 쓰여 있는 원고지 말이야.

"음?"

생각해 봐. 나밖에 모르는 비밀 금고의 비밀번호가 해제됐어. 그런데 훔쳐간 물건은 없고, 웬 소설이 써진 원고지만 들어가 있다. 자네라면 어떻게 하겠어?

"음…"

읽을 수밖에 없지 않아? 읽을 수밖에 없잖아!

그 소설의 내용은, 어떤 전설적인 도둑에 관한 이야기였어. 초반부였지. 나쁘지 않았어. 몰입이 되더군. 그렇지만, 내 머릿속은 '왜?'로 가득 차 있었어.

왜? 왜? 왜 비밀 금고를 털어놓고 이걸 넣어두고 간 거지? 왜? 왜? 왜?

혹시 무슨 뜻이 담겨 있을까 싶어, 몇 번을 다시 읽었는지 몰라. 나는 아무것도 알아내지 못했지. 내가 할 수 있는 일이라고는, 금고의 위치를 옮기고 보안을 강화하는 것뿐이었어. 그런데… 한 달 뒤에 또다시 금고를 털리고 말았어.

"설마…"

예상했나? 그래, 이번에도 내가 잃은 것은 없었어. 원고지 뭉치가 들어가 있었을 뿐이야. 그 소설의 이어진 내용이 말이야!

"아니, 왜?"

그러니까! 왜? 왤까? 미치겠더군. 다시, 난 그 소설을 읽었어. 처음의 원고지를 포함해서 몇 번이나 다시 읽었어. 아무것도 알

아닐 수 없었어.

나는 두 번이나 뚫린 보안을 재점검했어. 어디에서도 침입의 흔적은 없었고, CCTV의 기록도 조작되어 있었어. 정말 완벽한 도둑이었어. 그 소설에 나오는 도둑과 똑같이 말이야! 그 주인공 말이야!

"…"

나는 금고를 버려버렸어. 새로운, 절대 열지 못할 금고를 들여왔지. 위치? 우연으로라도 알아낼 수 없을 위치! 이 넓은 저택에서 오직 나만이 알고 있는 위치에 금고를 숨겼어. 한 달 뒤 무슨 일이 벌어졌을까?

"설마…"

그래! 또다시 금고의 문이 열려 있었다고! 그 빌어먹을 소설 원고지가 들어가 있는 채로!
어떻게! 왜! 도대체 어떻게!

"으음…"

도무지 알 수가 없더군! 내가 할 수 있는 일이라고는, 그 소설을 읽는 것뿐이었어. 그래도 여전히 나는 아무것도 알 수 없었

비밀 금고를 털고 간 소설가

어. 그저 걱정했지. 혹시 내 비자금도 모두 하얀 폐광으로 수집 될까 봐.

아! 자네는 모르겠군. 하얀 폐광은, 소설 속 주인공이 가진 비 밀 저장소야. 그는 도둑질한 물건을 단 하나도 사용하지 않고, 하얀 폐광에 저장하지. 그가 왜 도둑질을 하는지도 정말 미스터 리야. 그는 도둑질을 하지 않아도, 세계에서 손꼽히는 부자야. 돈이 필요가 없어. 그럼, 단순히 스릴을 즐기는 것일까? 아니! 그는 항상 완벽함을 도모하고, 절대 위기와 맞닥뜨리지 않아. 그 럼, 소설 속 흔한 의적일까? 악당들에게서 돈을 훔쳐서 세상에 베푼다? 아니야! 그가 훔치는 대상은 무작위고, 그는 타인에게 전혀 관심이 없어. 정말 알 수 없고, 미스터리하고, 매력적인 친 구지.

"소설 속 캐릭터 말씀이시죠?"

아, 이런! 이야기가 샜군.

아무튼, 나는 세 번의 금고 털림을 당한 뒤에, 추가로 두 번을 더 당했어. 예상했듯이 소설 원고가 들어 있었고 말이야.

다섯 원고지 뭉치를 다 합친 소설의 내용은 절정을 달리고 있 었어. 무슨 내용인 줄 알아? 세상에서 가장 커다란 금고인, 하얀 폐광에 대한 도둑질이 시도되고 있었지! 믿겨져? 누군가 그를 알아차리고, 그에게 도전장을 던진 거라고!

아, 자네는 모르겠지만, 그는 완벽하다고! 누군가 그를 알아채는 것도 불가능하고, 하얀 폐광을 터는 것도 불가능해!

내가 생각하는 가능성은 세 가지야. 그의 집사인 늙은이, 그의 조수인 외눈박이, 그가 어느 부자의 금고에서 훔쳤던 노예 소년. 이 셋 중 하나가 균열을 일으킨 거야. 하지만, 모두 불가능해!

늙은이가 평생을 모신 도련님을 배신할 리가 없잖아? 그런 설득력 없는 반전이 나온다면, 나는 정말 뒷목을 잡을 거라고!

외눈박이는 또 어떻고? 외눈박이는 의리가 있는 사내고, 주인공에게 목숨 빚이 있다고! 게다가 이미, 이전에도 유혹에 견뎌 낸 전적이 있어. 노예 소년은? 주인공이 없었으면 영원히 금고 안에 갇혀서 평생을 지냈어야 했는데? 게다가 누구보다 그를 짝사랑하고 있어.

아, 정말, 정말 알 수가 없어! 누가 그를 배신한 거지? 누굴까? 자네는 누구라고 생각하지?

"네?"

아… 이런. 또 이야기가 샜나? 미안하군… 하지만, 어쩔 수가 없네.

나는 처음 소설이 도착했을 때부터 그 원고지를 읽고, 읽고, 또 읽었어. 당연히 그럴 수밖에 없잖나? 자네도 나랑 똑같은 일을 겪었다면 그랬을 거야.

내가 알아챘을 땐 이미 난, 그 소설에 완전히 빠져 있었어. 시간이 날 때마다 그 소설을 읽는다고! 다 아는 같은 내용을, 수백

번도 더!

　"아…"

　…그런데,

　"…"

　결말이 오지 않고 있어.

　"예?"

　벌써 1년째 내 금고가 털리지 않고 있다고!

　"아!"

　왜지? 늦어도 두 달 안에 내 금고를 털어갔던 양반이, 왜 1년이 넘도록 찾아오질 않는 거지? 왜 내 금고를 털지 않는 거냐고!
　석 달째에, 난 금고 위치를 바꿨어. 좀 더 찾기 쉬운 곳으로 옮겼지. 완벽한 그를 위해 준비했던 최고급 보안시스템도, 반년 만에 철수했어. 금고의 안전성? 석 달 전에 다 버렸어! 지금 내가 사용하는 건 90년대 구식 금고라고! 누구라도 털 수 있을 거야!
　그런데, 털지 않아! 내 금고를 털지 않는다고! 금고 안에 원고지를 넣어주지 않는단 말이야!

"…"

　자네도 알겠지만, 나는 살면서 내가 원하는 건 뭐든지 가질
수 있었어.
　그런데 이 소설의 결말만은 알 수가 없어. 수백 번을 읽은 소
설의 결말을 알 수가 없다고! 정말 미칠 지경이야.

　이제, 내가 자네를 부른 이유를 알겠나?

"예?"

　내가 왜 자네 같은 소설가를 불렀겠느냔 말이야!
　내 자서전을 자네에게 대필하게 하려고? 아니지. 아니야. 내
가 자네를 부른 이유는 그런 게 아니야.

"…"

　자, 이걸 읽어.

"이건?"

그래, 내 금고에 들어 있던, 바로 그 소설이야. 자네가 할 일은 그것이야. 그 소설을 다 읽고, 결말을 완성해줘.

"아!"

나는 이미 백 명의 소설가들에게 똑같은 의뢰를 했어. 난 제발 벗어나고 싶어! 이 소설에 대한 강박에서 벗어나고 싶다고!

그래, 처음에는 내 금고를 털어간 그 도둑놈이 아무것도 훔치지 않았다고 생각했어. 아니, 아니지, 아니야.

그놈은, 내 호기심을 훔쳐간 거야. 누구도 훔칠 수 없는 내 호기심을 영영 훔쳐간 거라고!

자네가 되찾아줘야겠어. 그 소설의 완벽한 결말을 완성해서 돌아와. 내가 만족할 수 있을 완벽한 결말을 완성해온다면…

보수는 100억이야.

"……"

⋮
⋮

"와, 이건 정말…"

김남우는 회장의 말이 거짓이 아님을 알게 되었다. 회장이 건네준 소설은, 정말 대단했다. 100억이라는 액수는 김남우가 소설을 여러 번 탐구하게 만들었는데, 읽으면 읽을수록 점점 더 깊게 빠져드는 매력이 있었다.

그조차도 결말이 궁금했다. 문제는, 소설에 너무 빠져버린 탓에,

"그는 완벽하다고! 어떻게 하얀 폐광에 도전장을 던질 수 있지?"

김남우는 도무지, 결말을 상상할 수 없었다. 100억을 위해 아무렇게나 지어볼 만한 뻔한 결말? 스스로 용서가 안 됐다.

"100억… 으…"

그는 무슨 수를 써서라도 결말을 완성하고 싶었다. 머릿속이 복잡해졌다. 혹시 자신이 놓치고 있는 게 있을까봐, 몇 번을 읽고 또 읽었다. 중요한 게 무엇일까? 정말로 중요한 게 무엇일까? 무엇을 놓쳤을까?

순간, 김남우의 두 눈이 반짝였다.

"왜…?"

비밀 금고를 털고 간 소설가

.
.
.

그래, 소설을 완성했다고?

"예, 완성했습니다."

흠, 그래? 그게 가능하려나?

"…"

아, 이해해줘. 내가 너무 실망을 많이 해서 말이야. 소설가 나부랭이들이 써온 수십 가지의 결말들이 어쩜 그렇게 하나같이 시시한지. 어떤 결말은 역겹기까지 하더군!

"예… 저는 진짜 결말을 가지고 왔습니다."

그래. 그럼 한번 보자고. 자네가 완성한 결말이 뭔지, 줘봐.

"여기 있습니다."

음, 이게 뭔가?

"결말입니다."

뭐야? 자네 지금, 장난하자는 건가? 이게 결말? 그냥 백지잖아! 아무것도 안 쓰여 있는 백지!

"..."

아! 아아! 그런 건가? 자네가 하고 싶은 말이 그거야?

'결말은 회장님의 머릿속에 있습니다. 상자 안의 양 이야기를 아십니까, 회장님? 당신이 상상하시는 결말이야말로 진정한 결말입니다!'

지금 그런, 개소리를 하자는 겐가?

"그건 아닙니다. 하지만, 결말이 회장님의 머릿속에 있는 건 맞습니다."

그게 무슨 개소리야!

"저도 이 소설을 읽으면서 정말 놀랐습니다. 도저히 결말이 떠오르지 않을 정도로 훌륭했습니다. 저는 그래서 결말을 생각하지 않았습니다."

뭐?

비밀 금고를 털고 간 소설가

"저는 결말이 아닌, 원인을 생각해봤습니다. 왜 이 소설이 회장님의 금고에 들어가게 되었을까? 누가? 왜? 무슨 목적으로?"

…

"그렇게 생각하고 생각하다가, 깨달았습니다. 이 소설의 작가가 누군지를…"

작가?

"이 소설의 작가는 바로, 회장님 본인이십니다."

뭐?

"회장님만이 알고 있는 비밀 금고를 누가 어떻게 찾아낼 수 있을까요? 누가 어떻게 문을 딸 수 있을까요?"

…

"몇 번이나 금고를 바꾸고, 보안을 강화해도 다 뚫어낼 수 있는 도둑! 애초에 그런 만능 도둑 같은 건 없었던 겁니다. 모두, 회장님 스스로 한 행동이었던 겁니다."

지금 그게 무슨 말도 안 되는…

"두 가지 가능성을 생각하고 있습니다. 회장님이 알고서 한 행동이거나, 모르고 한 행동이거나. 알고서 한 행동이라면… 모든 게 다 회장님의 계략인 것이겠죠. 회장님은, 이 비밀 금고 사건을 핑계로 유명한 소설가 100명을 불러 모았습니다. 게다가 그들이 회장님의 소설을 수십 번씩 읽게 만들었죠!"

하!

"100억짜리 결말을 완성해야 했으니, 그들은 당연히 소설을 여러 번 곱씹고, 높게 평가할 수밖에 없었습니다. 아, 물론! 소설은 진짜로 훌륭했습니다. 회장님이 처음으로 쓰신 소설이시라면, 그 재능에 제가 감복할 정도입니다."

…

"회장님의 계략으로 이 소설은 이미 입소문을 타고 있습니다. 그리고 이제 회장님이 완성한 결말을 가상의 도둑을 통해 전달받은 척 하신다면… 그 소설이 베스트셀러가 되지 않고 배길까요? '100억짜리 결말이 담긴 소설'이라는 타이틀이 붙을 텐데!"

허허!

"정말 완벽하죠… 회장님께서 쓰신 그 소설만큼이나 말입니다."

자네는 지금 내가 그따위…

"두 번째 가능성도 있습니다! 회장님 스스로 소설을 썼다는 사실을 인지하지 못하고 있는 경우죠."

뭐라고?

"저는 사실, 이쪽을 더 믿고 있습니다. 회장님은 소설가의 꿈을 가지고 계셨지만, 회장이라는 위치 때문에 그 꿈을 잊고 살았습니다. 그러나 무의식. 즉, 몽유병 상태에서 소설을 썼다거나 다른 인격… 어쩌면, 소설을 쓸 때마다 자기최면을 걸었던 것일지도 모르죠. 그렇게 회장님은 자신도 모르는 사이에 소설을 쓰셨고, 그것을 소중하다고 여겨서 비밀 금고에 보관하셨던 겁니다."

…

"제가 이런 생각을 하게 된 이유는, 소설의 종반에서 하얀 폐광을 털겠다고 도전장을 던진 '그' 때문입니다. 아무도 그 존재조차 모를 완벽한 주인공을 알아채고, 또 비밀의 하얀 폐광을 털 겠다고 도전장을 던진 사람. 그가 누굴까요? 늙은 하인? 외눈박이 조수? 노예 소년? 아니요. 그건 하얀 폐광을 만든 완벽한 주인공, 또다른 자신이 아닐까요?"

　?!

　"마치… 지금의 회장님처럼 말입니다."

　"…"

　"사실은, 회장님도 소설의 종반부를 읽으면서, 자기도 모르게 깨달으셨을 수도 있습니다. 그래서 1년간 결말이 나타나지 않은 것이죠. 어떻습니까, 회장님? 제 생각이 틀렸습니까?"

　"흠…"

　"…"

　"좋네. 자네의 결말은 일단 보류해두도록 하지."

　"예?"

　"수십 명의 소설가들 중에… 유일하게 내 마음을 움직인 결말이었네. 그래, 어쩌면 그럴지도 모른단 생각마저 들었어."

　"아!"

　"그래서, 유일하게 자네의 결말만은 보류해두겠네. 한번 판단을 내려봐야겠어… 어쩌면 정말…"

　"예…"

　"좋네, 그만 가보게. 어쩌면 머지않아… 다시 연락을 하게 될 것 같군."

"아, 예! 알겠습니다, 회장님! 그럼…"

"멀리 안 나가겠네."

"아참… 저기, 회장님?"

"응?"

"혹시 결말을 찾게 되시면… 꼭 제게도 알려주시길 바랍니다. 저도 그 결말이 궁금해서 미쳐버릴 것 같습니다."

"…그러도록 하지."

.
.
.

끼이익-

"…"

이른 아침. 서재 문을 열고 들어선 회장은 잠시, 할 말을 잃었다. 비밀 금고가 열려 있었다.

"…"

회장은 심장이 두근거리는 걸 느끼며 걸음을 옮겼다. 잠금이 풀어져 있는 금고의 손잡이를 잡고, 천천히 당겼다.

"…"

　원고지 뭉치가 있었다. 그는 손을 뻗어, 원고지 뭉치를 집어들었다. '완결'이라는 글자가 그의 가슴을 두근거리게 했다.

　멈춰 서서 가만히 원고지를 넘겨보던 회장의 눈이 점점 흔들렸다.

'작은 도둑은 힘이 없었습니다. 닥치는 대로 재물을 끌어모으던 그의 자의식은 너무나도 완벽하고 강했습니다. 작은 도둑이 그를 이기기 위해서는 긴 암시와 반복적인 최면이 필요했습니다.

　하얀 폐광이 털렸습니다.

　하얀 폐광이 털렸습니다.

　하얀 폐광이 털렸습니다.

　하얀 폐광이 털렸습니다.

　하얀 폐광이 털렸습니다.

　오늘, 작은 도둑이 마침내 하얀 폐광을 터는 데 성공했습니다. 그가 모아두었던 모든 보물은 이제 작은 도둑의 것이 되었습니다.

　작은 도둑은 이제 드디어 몸을 가졌습니다.'

　원고를 내려놓은 회장의 눈빛이 달라져 있었다. 마치 다른 사람이 된 것처럼.

　그는 자신의 거대한 저택을 돌아보며 싱긋 웃었다.

3일 귀신

    3일간 한 사람을 따라다니다가 마지막 날 목숨을 빼앗아가는 귀신들이 성행했다.

    특이한 것은, 그 귀신이 모두의 눈에 보인다는 것이다. 유일하게 귀신이 붙은 당사자만 귀신을 볼 수 없었는데, 그가 목숨을 구하려면 다른 누군가가 귀신이 붙었단 사실을 알려주는 방법밖에 없었다.

    "야! 너 3일 귀신 붙었어!"

    3일 안에 누군가가 귀신이 붙었단 사실을 알려주면 귀신은 떨어져나갔다. 문제는, 그 떨어진 귀신이 높은 확률로 알려준 사람에게 붙는다는 점이다. 자신에게 붙었던 귀신은 안 보이기 때문에, 자신을 구해준 사람에게 옮겨가더라도 경고해줄 수도 없다. 그러니 누군가에게 3일 귀신이 붙은 걸 보게 되더라도, 섣불리 아는 척해서 구해주지 않았다. 어색함을 감추기 위해 노력할 뿐. 나중에 서운해도 어쩔 수 없다. 같은 처지가 되면 망설이게 되는 건 누구나 똑같다.

그로 인해 벌어지는 일들은 정말 곤란한 것들투성이었고, 사람들이 괴로워하는 걸 즐기는 게 귀신의 진짜 목적이라고 보는 시각도 있었다.

갑자기 이런 귀신이 나도는 원인에 관해선, 어떤 건설업체가 경고를 무시하고 이름없는 장군의 묘지를 몰래 밀어버렸기 때문이란 소문이 있었다. 혹 어떤 학자는 다른 시각으로 논문을 발표하기도 했다.

"지구에 인류가 포화상태가 되어서 그것을 조절하기 위해 나타난 것입니다. 3일 귀신에게 죽임을 당하는 사람들의 공통점은 사회성 결여라고 할 수 있습니다. 그 누구도 나서주지 않는 사람, 그런 사람들이 자연 도태되는 시스템이 숨어 있는 것이지요."

슬프지만, 나름대로 그럴듯하다고 생각이 드는 의견이었다. 사실, 정말로 소중한 사람이 아니라면 귀신이 붙었다고 말해주지 않는다. 남의 귀신을 떼어줬는데 아무도 내 귀신을 떼어주지 않는다면 그것만큼 억울한 일이 없다. 그러니까 귀신을 떼어준다는 건 그만큼 중요한 사람이라는 증거였다. 사회적으로든, 개인적으로든.

고등학생 홍혜화는 친구 장진주에게 그런 사람이고 싶었다. 처음 고등학교에 올라왔을 때, 내성적이고 조용한 성격의 장진주는 쉽게 친구를 사귀지 못하고 있었다. 홍혜화가 그런 진주에게 먼저 다가갔고, 진주가 얼마나 좋은 아이인지 누구보다 먼저 알게 되었다.

이제는 진주를 좋아하는 친구들이 늘었지만, 어디까지나 가장 처음 보석을 발견한 건 홍혜화 본인이었다. 그러니까 진주의 베프가 자신인 것은 당연한 일이었다.

하지만 2학년 때 반이 달라지면서, 홍혜화는 말 못 할 서운함을 느끼고 있었다. 진주가 다른 친구와 더 시간을 보낼 때마다 신경이 쓰였다. 겉으로 활발하고 쿨한 홍혜화였기에 전혀 티를 내진 못했지만, 그래서 더 속으로 곪아가는 느낌이었다.

홍혜화는 진주에게 가장 친한 친구가 자신이라는 걸 보여주고 싶었다. 말로 서운함을 토로하는 게 아니라, 그냥 있는 그대로 보여주고 싶었다. 마침 그때, 3일 귀신이 유행했다. 만약 진주에게 3일 귀신이 붙는다면, 망설임 없이 알려줄 자신이 있었다. 주변에서 아무도 말해주지 못할 때 자신이 말해주는 상황을 상상하며 고대했다. 어쩌면, 그녀는 장진주에게 3일 귀신이 붙기를 바랐을지도 몰랐다.

'그런 일이 벌어지면'이란 생각은, 시간이 지날수록 '그런 일이 벌어져야 한다'로 발전했다. 그 결과 터무니없는 계획을 세우게 되었다.

'어차피 진주는 3일 귀신을 보지 못해. 만약 내가 진지하게, 너에게 지금 3일 귀신이 붙었다고 알려준다면 진주는 믿을 수밖에 없지 않나? 그러면 내게 감동할 거야.'

가능한 이야기 같았다. 거기에다가 좀 더 리얼하게, 실은 하루 정도 고민했다는 이야기를 섞는 건 어떨까? 그럼 다른 아이들은 하루 동안 다들 못 본 척했었다는 생각을 하지 않겠는가? 어차피 내성적이고 소심한 진주가 다른 애들에게 따지고 다닐 가능성도 낮았다.

'그래, 해보자!' 홍혜화는 결심했다. 그 거짓말로 자신의 베프를 되찾아오기로 말이다.

방과 후, 홍혜화는 교문 앞에서 장진주를 기다렸다가 분위기를 잡았다.

"진주야."

"응?"

"실은 어제부터 고민하다가 어렵게 얘기하는 건데… 역시 말해줄 수밖에 없겠어, 난."

"뭘?"

"너한테 지금… 3일 귀신이 붙어 있어."

"뭐?"

두 눈이 휘둥그레진 장진주가 딱딱하게 굳었다. 홍혜화는 금방 표정을 달리하며 연기했다.

"어? 아! 지금 사라진다! 사라졌어! 이제 괜찮아, 진주야! 내가 말해줘서 괜찮아졌나봐!"

"아…"

"난 어때? 나한테 혹시 옮겨 왔어? 아참, 네게 붙어 있던 귀신이라 너는 안 보이지?"

홍혜화는 태연하게 연기하며 장진주의 반응을 기다렸다. 이제 그녀가 바라는 대로, 울먹이며 고맙다고 말해줄 장진주를 기다렸다. 한데,

"…"

"진주야?"

안색이 새파랗게 질린 장진주는 홍혜화를 바라보고만 있었다.

"저기, 진주야?"

홍혜화는 예상치 못한 반응에 당황했다. 무언가 잘못되었다고 느끼던 그때, 장진주가 말없이 걸음을 옮겼다.

"진주야? 진주야!"

홍혜화가 쫓아가 말을 걸어도, 장진주는 무시하며 걸어갔다. 홍혜화는 허탈하게 주저앉아버렸다. 자신이 무엇을 잘못한 것일까?

다음 날, 학교에는 충격적인 소식이 나돌았다.

"얘들아, 들었어? 옆 반에 장진주! 자살했대!"
"뭐? 왜?"
"진주한테 3일 귀신이 씌었는데, 하루 동안 엄마랑 아빠랑 언니랑, 아무도 말을 해주지 않고 모른 척했었다나 봐! 어떻게 가족이 그럴 수 있지?"
"세상에!"
"야야야! 너희 그 뒷이야기는 모르는구나? 그거 사실 누가 장진주한테 거짓말한 거라던데? 있잖아, 왜…"

교실에 들어선 홍혜화는 머리가 텅 빈 느낌이었다. 그녀의 몸이 오한이 든 것처럼 잘게 떨렸다. 자신을 돌아보는 친구들의 눈빛이 어색했다. 달랐다. 내게 3일 귀신이라도 붙은 걸까. 그런 걸까. 아니면, 아니면…

영혼을 교환하기 전에 할 일들

　　43세의 평범한 회사원 두석규 씨가 퇴근 후, 본인의 반전세 빌라 원룸에 들어섰다. 겉옷을 벗어 걸고 양말을 벗던 그 순간, 그의 눈앞에 하얀 덩어리가 나타났다.

　　[이봐! 네 영혼 문제로 할 얘기가 있어.]
　　"헉!"

　　두석규가 기겁하며 바닥에 주저앉자, 허공을 부유하던 반투명한 그가 말했다.

　　[난 저승에서 나왔어. 괜히 소란스럽게 하지 말자고. 귀찮으니까.]
　　"저, 저승사자?"
　　[뭐가 됐든 네 마음대로 생각하고, 네 영혼 문제로 할 얘기가 있어

서 말이야. 정신 좀 차리고 들어줄래?]

저승인은 두석규의 정신이 온전해지는 것을 충분히 확인한 뒤에 말을 꺼냈다.

[내 상사가 정말 빌어먹게도 재수 없는 자식이야. 내 출셋길 막는 그 새끼가 너무 싫어 죽겠는데, 글쎄 그놈이 실수를 했지 뭐야? 네가 죽지 않았는데 너와 똑같은 주파수의 영혼을 태어나게 해버린 거야.]

"제, 제가 죽습니까?"

[아니야. 안 죽고, 그냥 너랑 똑같은 주파수의 영혼이 동시대에 살고 있다고.]

"무슨 말씀이신지…"

[세상에 영혼을 보낼 때 실수가 일어났다는 거야. 이해하기 쉽게 설명해주자면, 아주 거대한 나무가 하나 있다고 쳐. 그 나무에서 셀 수 없을 정도로 뻗어 나간 나뭇가지는 각각 하나의 영혼을 위한 공간이야. 그런데 실수로 네가 죽기도 전에 네 주파수와 똑같은 영혼을 세상에 내보낸 거야. 내 빌어먹을 상사의 실수로 말이지. 이봐, 그렇게 불안한 표정 짓진 말고. 사실 네 인생에 영향은 없으니까. 분명한 실수이긴 하지만, 그 정도지 뭐.]

저승인은 아쉽다는 듯 입맛을 다시며 말했다.

[내가 이 일을 상부에 알린다고 해봐야 내 상사는 수완 좋게 빠져

나갈 거야. 그놈이 실각해야 내가 승진하는데, 어휴!]

 짜증스레 한숨을 토해낸 그는 순간, 눈을 빛내며 두석규를 돌아보았다.

 [그런데, 만약 두 영혼이 바뀐다면 어떨까? 그냥 넘어갈 수 없는 일이 되지! 두 영혼에 같은 주파수를 부여한 실수까지야 괜찮지만, 그 둘의 육체가 영혼까지 바뀐 상태였다면? 무조건 실각이지! 그래서 내가 널 찾아온 거야. 너와 같은 주파수로 태어난 인간과 영혼을 바꾸지 않을래?]

 "영혼을요?"

 두석규의 눈이 흔들릴 때, 저승인이 말했다.

 [물론 내가 줄 대가는 없어. 다만, 너는 43살이잖아? 그는 24살이야. 영혼을 바꾼다면 넌 이승에서 더 오래 있을 수 있겠지.]

 "아!"

 [어때? 그와 영혼을 바꾸지 않겠어?]

 침을 꿀꺽 삼킨 두석규가 자기도 모르게 물었다.

 "그는 누구입니까?"

저승인은 두석규에게 김남우라는 24살 청년을 알려주었다. 모든 질문에 대답해주었고, 실제로 그의 생김새를 허공에 띄워 보여주기도 했다.

두석규는 자신도 모르게 어떤 상품을 보는 것처럼 김남우를 감상했다. 외모적으로는 꽤 호감형의 인물이었다. 큰 키와 적당한 비율, 이목구비, 피부, 머리숱 다 괜찮았다. 환경은 좀 불우해 보였는데, 부모 없이 옥탑방에서 혼자 궁핍한 생활을 하고 있었고, 군 제대 후 건설 현장 일용직으로 일하며 학비를 모으는 듯했다.

[저 김남우와 영혼을 바꾸지 않겠어? 어떤 존재인지 직접 보고 싶으면 안내해줄게.]

두석규가 관심이 없었다면 거절하고 끝이었겠지만, 그는 되물었다.

"가까운가요?"
[같은 서울이야. 내일이든 언제든 말만 해. 그럼 생각해보고, 내일 다시 말하자고.]

저승인이 사라진 뒤, 두석규는 침착하게 생각을 정리했다. 그 청년과 내 영혼을 바꿀 수 있단 말이지? 솔직히 구미가 당기는 일이다.

영혼을 교환하기 전에 할 일들

그가 생각하는 본인의 인생은 그다지 만족스럽지 않았다. 평범한 직장에서 평범하게 일을 하고, 특별한 일 하나 없이 그냥 살아지는 인생이다. 앞으로의 매일도 뻔하게 그려져서 죽을 때까지의 미래가 다 보였다. 무난하고 안정적이지만, 마음에 들지 않는 인생이다. 가끔은 본인이 43살이라는 것에도 울컥했다. 43살에 혼자라는 것도, 기대할 만한 목표가 없다는 것도, 평범하게 지나간 2, 30대가 다신 돌아오지 않는다는 것도.

지금 43살이란 나이를 먹으면서 그가 얻은 게 하나 있다면, 인생을 사는 법을 조금 알았다는 것이다. 지금의 자신에게는 쓸모가 없지만, 만약 다시 20대 초반으로 돌아간다면 누구보다 더 인생을 잘 살 자신이 있었다. 대학 시절에는 뭘 해야 할지 몰랐다면, 지금은 분명하게 알고 있었다.

저승인의 제안은 생각하면 할수록 구미가 당겼다. 결국 두석규는 다음 날, 회사에 월차를 내고 김남우를 보러 갔다.

[열심히 일하는 청년이야. 건강하지?]

먼발치에서 직접 본 김남우는 그 나이 때에만 존재하는 빛 같은 걸 뿜어내고 있었다. 건설 현장의 흙먼지로도 가려지지 않았다.

그의 모습을 보고만 있어도 두석규의 마음에 갈등이 깊어지던 그때,

"엇!"

짐을 들고 나르던 김남우가 계단에서 굴러떨어지고 말았다.

사람들이 모여들고, 김남우가 한쪽으로 옮겨지는 모습이 보였다. 다행히 큰 상처는 아닌 듯, 대화를 나누더니 혼자 잠깐 쉬면서 팔을 만지작거렸다.

복잡한 표정으로 그 모습을 지켜보던 두석규의 눈이 커졌다. 김남우가 곧장 다시 일어나서 일하려는 게 아닌가?

갈등하던 두석규는 건설 현장 안으로 움직였다.

"저기! 좀 보십시다!"

"네?"

"아까 다친 데는 괜찮습니까?"

김남우는 두석규를 감독관으로 착각한 모양새였는지, 팔을 가리키며 변명했다.

"아! 약간 멍든 것 같긴 한데, 괜찮습니다! 일할 수 있습니다."

"그러면 안 되지. 따라와요."

두석규는 김남우를 차에 태워 병원으로 향했다.

"당장 돈 몇 푼보다는 몸을 소중히 해야지. 젊을 때는 다 괜찮

영혼을 교환하기 전에 할 일들

을 줄 알지만 나중에 그게 다 골병으로 갑니다."

"아, 정말 괜찮은데… 근데 누구시죠?"

"으음. 그냥 지나가다가 떨어지는 모습을 봤습니다."

"네?"

김남우의 미간이 일그러질 때, 두석규가 빠르게 말했다.

"병원비는 제가 내드릴 테니까 확실하게 검사받으시고, 그리고 그 위험한 일도 그만둡시다. 제가 일자리 하나 소개해주겠습니다."

김남우는 낯선 친절을 경계했지만, 두석규는 끌다시피 병원으로 데려갔다. 병원비를 다 내고, 지인에게 연락해 안전한 일자리를 소개해준 뒤에야 놓아주었다. 김남우는 이해할 수 없단 얼굴로 물었다.

"왜 저에게 이렇게 잘 해줍니까?"

"그냥, 열심히 사는 젊은 청년이 잘됐으면 해서 그렇습니다."

아니다. 두석규는 자신을 위해서 한 행동이었다. 생각 같아서는 건강검진도 받게 하고 싶었다. 그걸 알 리 없는 김남우는, 이런 어른은 처음 봤다며 크게 감사했다.

집으로 돌아가는 길, 두석규의 고민은 정리가 되어갔다. 영혼을 바꾸기로!

"그와 영혼을 바꾸겠습니다."

[오! 그래? 좋아. 그럼 지금 당장…]

"잠시만. 아직은 아닙니다."

[뭐?]

"시간이 좀 필요합니다."

[뭐? 시간을 끌 이유가 있나?]

있었다. 두석규는 바로 적금을 깨고, 전세 보증금을 빼고, 차를 팔았다. 그의 의도는 명확했다. 자신이 평생 모아온 재산을 정리해서 김남우에게 전하는 것!

영혼을 교환한다고 꼭 등가교환을 할 필요는 없다. 최대한 이익을 볼 수 있다면 그래야 하지 않겠는가? 그는 김남우의 젊음이 좋았지만, 불우한 환경까지는 아니었다. 지금 본인의 인생이 평범하긴 해도, 43살까지 모아온 돈이면 23살에겐 괜찮은 밑천이었다.

그럼, 돈은 어떻게 넘겨주어야 할까? 전부 현금으로 인출해서 어딘가에 숨겨둘까? 불안하다. 평범하게 살아온 두석규는 모험을 좋아하는 성격이 아니었다. 김남우와 영혼을 바꾸면 대학도 다시 가야 하고, 집도 구해야 하는데, 갑자기 출처가 불분명한 돈을 사용해서 주변의 의심을 사고 싶진 않았다. 증여세가 조금

영혼을 교환하기 전에 할 일들

아쉽긴 하지만 정식으로 건네는 게 가장 안전했다.

두석규는 김남우에게 돈을 떠넘길 그럴듯한 핑계를 고민했다. 한데,

"잠깐만…"

고민하다 보니 문득, 이런 생각이 들었다. 어차피 영혼이 바뀐다면, 내가 지금 대출을 하더라도 그 빚은 내 것이 아니지 않나?

그 생각을 떠올리자마자 두석규는 소름이 돋았다. 정말로 멋진 계획이지 않은가!

"영혼을 바꿀 수 있는 건 확실하지요?"

[그럼 물론이지!]

만약을 생각해서 확실하게 확인까지 한 두석규는, 그 길로 가능한 한 모든 대출을 받으러 다녔다. 은행권 대출을 끝낸 뒤에는 사채까지도 거리낌이 없었다. 그렇게 모인 돈은 증여세를 참작하더라도 본래 재산보다 큰 금액이었다. 만족한 두석규는 당장 김남우를 찾아갔다. 그가 준비한 설정은 시한부였다.

"단도직입적으로 말하겠습니다. 제가 당신을 후원하겠습니다."

"네?"

"솔직히 말하자면 전 암으로 살날이 얼마 남지 않았습니다. 게다가 당신처럼 가족이 없습니다. 제가 당신을 후원하면서 거는 조건은 단 하나, 1년에 한 번 제 제사를 챙겨주는 것입니다. 제가 세상에 살았었다는 흔적이 이어지도록 말입니다."

"아… 그런데 후원이라 하심은?"

현금을 증여하겠다는 말을 들은 김남우는 크게 의심했다. 그 금액을 듣고는 더더욱 그랬다. 하지만 두석규는 변호사와 경찰까지 동원해서 믿을 만한 방식으로 재산을 증여했다. 김남우는 이게 꿈인가 생신가 믿을 수 없는 얼굴로 연신 큰절을 했다.

"정말 감사합니다, 선생님! 선생님의 제사는 꼭 제가! 반드시 약속을 지키겠습니다!"

"너무 부담은 갖지 마시고. 죽기 전에 다시 연락드리겠습니다."

홀가분하게 모든 계획을 마친 두석규는 집으로 돌아와 저승인을 불렀다. 한데,

"잠깐만…"

어차피 영혼을 바꿀 건데, 회사 공금을 횡령한다면 어떨까? 어차피 영혼이 바뀐 뒤에 이 몸이 횡령범이 되든 말든 알게 뭔

영혼을 교환하기 전에 할 일들

가? 횡령한 돈을 나만이 아는 장소에 숨기고 영혼을 바꾼다면, 인생에 있어 가장 든든한 비자금이 될 것이다. 더 멋진 것은, 영혼이 바뀐 뒤에 김남우가 대신 교도소에 간다는 사실이다. 일거 양득이 아닌가!

두석규의 가슴이 미친 듯이 뛰었다. 이미 구체적인 계획이 머릿속에 돌고 있었다. 횡령이 들키기까지 최대 이틀이라고 치면, 그 안에 숨길 장소를 미리 확보한 뒤에 실행하기만 하면 된다. 예전에 가끔 회삿돈을 횡령하는 망상을 했었기에 어려울 것 같지도 않았다.

"영혼의 교체는 바로 할 수 있는 겁니까?"
[그럼. 10초도 안 걸려.]

알고 싶었던 것을 확인한 두석규는 며칠간 기회를 노리다가 계획을 실행했다. 출근해서 일을 저지르고, 그날 밤 돈을 모두 챙겨서 모종의 장소에 숨겼다. 동선을 들키지 않게 집으로 돌아온 뒤, 바로 저승인을 찾았다.

"지금 당장! 지금 당장 그 청년과 제 영혼을 바꿔주십시오!"
[그 말을 기다려왔지! 눈을 감아!]

저승인은 두석규의 이마 위에 한 손을 올리고, 다른 한 손을 먼 곳으로 뻗었다. 이윽고 양손이 점점 빛나더니, 서로의 빛을 교환하기 시작했다.

"아아아아아아아-!"

저절로 신음이 터진 두석규의 몸이 부들부들 흔들렸다. 오래 지나지 않아, 빛이 잦아드는 것과 함께 그의 몸도 안정을 되찾았다. 저승인의 손이 떠나고, 두석규의 눈꺼풀이 천천히 떠졌다. 멍한 눈동자가 드러나며 주변을 둘러보더니,

"뭐, 뭐야!"

마구 일그러진 표정으로 저승인을 노려보았다.

"왜 그대로입니까? 설마 실패입니까!"
[아니.]

두석규의 두 눈이 불안으로 흔들렸다.

"뭣, 설마 이제 와서 영혼 교환을 취소한다거나 하는 말은!"
[무슨 소리야. 그럴 리가 있나.]

이어진 저승인의 말은, 두석규를 멍하게 했다.

[영혼 교환은 끝났어. 이미 바꿨다고.]

"뭐라고?"

[이미 영혼이 교환 됐다니까?]

이해를 못한 두석규의 얼굴이 흉악하게 일그러졌다.

"무슨 개같은 소리야! 내가 여기에 그대로 있는데 뭘 교환해? 달라진 게 없잖아!"

자신의 몸을 가리키며 외치는 두석규를 보며, 저승인은 무슨 황당한 소리냐는 듯 말했다.

[넌 지금 기억과 영혼을 착각하고 있군? 인간의 기억은 다 뇌 속에 존재하는 세포야. 질량이 있는 물질이라고. 영혼이 달라진다고 뇌세포가 달라질 이유가 없잖아? 두석규의 영혼은 이미 김남우의 몸으로 들어갔고, 지금 넌 김남우야, 이미.]

"뭐?"

멍하니 넋이 나간 두석규를 두고 저승인은 사라졌다. 이 순간 미친 듯이 울려대는 핸드폰은 사채업자인지, 회사인지, 경찰인지 알 수 없었다.

나는 정말 돈 낭비가 싫다

가난한 나는 돈 낭비를 증오한다. 그래서 나는 이 상황이 못마땅했다.

"미안허이… 오늘이 우리 할멈 생일이야… 내가 꼭 선물을 해야 해서…"

노인은 정말 미안한 얼굴로 말했고, 그것은 먹힐 것 같았다. 녀석이 벌써부터 괜찮다며 손사래를 치고 있지 않은가?

"아유, 아니에요. 할아버지. 그냥 저희가 만 원씩 더 내면 돼요. 그치?"

녀석은 노인을 안심시키는 듯 말하며 내게 물었다. 이 상황에서 내가 무슨 대답을 할 수 있겠는가?

"어어, 그래."

나는 그냥 고개를 끄덕여, 저 녀석과 마찬가지로 바른 대학생을 연기했다. 궁금하다. 저 녀석의 만 원과 내 만 원이 똑같을까?
나는 정말로, 이 상황이 못마땅하다.

⋮

처음 대학에 들어와 내가 느낀 건, 신입생의 두근거림이 아니었다. 무력감이었다. 함께 입학한 동기 친구들을 보며 나와 다르다고 생각했다. 헤어스타일, 패션, 손에 든 테이크아웃 커피, 새 책, 노트북⋯ 저들은 모두 다 대학생다웠다. 고3에서 그대로 고4로 진학한 듯한 나와는 너무 달랐다. 학식이 너무 싸다며 놀라워하는 그들이, 오히려 내겐 놀라웠다. 나도 저들과 같아 보이고 싶었다. 가난한 내가 그들과 다름을 들키고 싶지 않았다. 진짜 가난을 숨기기 위해, 내 입으로 먼저 가난하다고 웃으며 말하고 다녔다. 그러니 돈을 쓸 때는 써야 했고, 그것은 정말 힘들었다.
오늘 난 한 녀석과 학교에 가는 길이었다. 한 노인이 경사가 심한 언덕길에서 폐지 리어카를 끌고 가고 있었다. 녀석은 노인의 모습에 연민을 느끼는 듯했다. 그러나 나에게는 노인의 무지가 보였다. 내가 아무리 가난해도 나는 저렇게 되지는 않겠지.

왜 저렇게 비효율적으로 시간을 낭비할까?

"할아버지, 도와드릴게요!"

녀석은 얼른 달려가 리어카를 뒤에서 밀었다. 녀석이 나섰으니, 나 역시 그럴 수밖에.

"아이고, 학생들 정말 고마워!"

할아버지는 고맙다며 웃었다. 친구는 웃었고, 나 역시 그랬다. 언덕을 오르던 할아버지가 갑자기 방향을 틀기 전까진 말이다.

"아! 저기!"

할아버지는 옆 길가의 박스를 보고는 급히 방향을 틀었고, 우리를 휘청하게 만들었다. 그것도 모자라, 우리에게 리어카를 맡겼다.

"학생들, 잠깐만!"
"앗!"

갑자기 균형을 잃은 리어카에서 박스가 쏟아졌고, 그것을 막으려던 녀석의 몸짓에 나도 균형을 잃었다. 곧 리어카는 빠르게

나는 정말 돈 낭비가 싫다

경사를 미끄러져 내려갔고, 지나가던 차를 박고 말았다.

"아아!"
"아!"

눈앞이 아찔해졌다. 당황스러운 그때, 차 안에서 사람이 내렸다.

"아씨, 뭐야!"

그의 얼굴은 험하게 일그러져 있었고, 우린 어쩔 줄을 몰랐다. 뒤늦게 달려온 노인과 우리가 사과했지만, 그의 분노는 쉽게 사그라들지 않았다. 그는 험악한 얼굴로 우리를 하나하나 둘러보았다. 학생 둘에, 폐지 줍는 노인 하나. 인상을 팍 찌푸린 그는 대충 말했다.

"긴말 할 거 없고, 그냥 도색비 6만 원만 내세요. 셋이서 2만 원씩 내면 되겠네."
"아, 네! 죄송합니다."

녀석은 생각하지도 않고 빠르게 지갑에서 2만 원을 꺼냈다. 나는 생각해야 했다. 내가 가진 돈은 3만 원이 전부였고, 그것으로 이달을 버텨내야만 했다. 한데 거기서 2만 원을 빼야 한다고? 왜? 도대체 내가 왜? 나는 아무 잘못이 없는데? 이 리어카가 차를 친 건, 그깟 폐지에 눈이 멀어 갑자기 뛰쳐나간 저 노인의 잘못이 아닌가? 근데 내가 왜 2만 원을 뺏겨야 하지? 노인을 돕자고 나선 것도 저 녀석인데, 난 왜 2만 원을 줘야 하지? 내 피 같은 2만 원을! 이렇게 낭비한다고? 내 2만 원을?

쌀 사 먹을 돈도 아까워, 밀가루로 수제비 만들어 먹으며 아껴낸 돈이다. 미용실 갈 돈도 아까워, 머리도 잘 자르지 않고 아껴낸 돈이다. 엠티에서 몰래 모아온 소주 공병을, 남들이 볼까 꼭두새벽에 바꿨던 돈이다. 학식 한 번 못 사 먹고, 밥 먹었다 핑계 대며 모아온 돈이다. 그런데 이렇게 낭비해야 한다고? 나는 이해할 수가 없었다. 정말 이해할 수가 없었지만, 지갑에서 2만 원을 꺼냈다. 나는 녀석과 같아야 하니까. 한데, 어물쩍 망설이고 있던 노인이 말했다.

"저기… 내가 정말 3만 원 밖에 없는데… 이 돈을 쓸 수가 없어…"

"네?"

난 내 귀를 의심했다. 잘못 들었나? 돈이 있는데, 쓸 수가 없다고?

"미안허이… 오늘이 우리 할멈 생일이야… 내가 꼭 선물을 해야 해서…"

　　　　　　　　　　　　나는 정말 돈 낭비가 싫다

어이가 없었다. 돈을 낼 수가 없다고? 나는 그걸 말이라고 하냐고, 그걸 지금 믿으라고 하는 말이냐고 따지고 싶었다. 한데 녀석은 웃었다.

"아유, 아니에요. 할아버지. 그냥 저희가 만 원씩 더 내면 돼요. 그치?"

녀석은 손쉽게, 생각 없이 또 지갑을 열었다. 나는 생각했다. 참을 수 없을 만큼 무수한 생각이 폭발했다.

억울하다. 짜증난다. 어이없다. 왜 내가 돈을 내야 하지? 3만 원 밖에 없다고? 그럼 나는? 전 재산 3만 원을 다 빼앗기면 남은 한 달을 어떻게 살지, 난? 차라리 돈을 잃어버렸으면 몰라, 저 뻔히 보이는 거짓말에 속아서 만 원을 더 뜯겨야 한다고? 아니, 거짓말이 아니라고 해도, 그깟 생일 때문에 돈을 아끼겠다는 저 심보는 뭔가? 어떻게 저렇게 뻔뻔할 수 있지? 왜 저 녀석은 노인에게 괜찮다고 웃는 거지? 폐지 줍는 노인만 불쌍한가? 나는 며칠을 굶어야 할지 모를 내가 더 불쌍한데?

생각에, 생각에, 생각에, 머리가 터질 것 같았지만, 어쩔 수 없었다. 녀석의 말에 내가 뭐라고 대답할 수 있겠는가? 나는 녀석과 똑같아야만 하는데.

"어어… 그래."

나는 그냥 고개를 끄덕이며 만 원을 더 꺼냈다. 녀석은 6만 원을 그에게 주었고, 우린 리어카를 다시 밀었다.

"정말 미안허네… 정말, 내가 너무 미안해…"
"아니에요. 괜찮아요."

녀석은 웃으며 괜찮다 했지만, 나는 그러지 못했다. 가슴에 무언가가 걸린 것 같았다.

"할멈 선물 사러 가기 전에 이것만 갖다 놓을 생각이었는데… 이렇게 참… 정말 미안하네."
"아이, 괜찮다니까요."

가슴에 무언가 걸린 게 분명했다. 심장이 너무 빠르게 뛴다. 이걸 어떻게 하지?

"어휴… 정말 고맙네. 내, 할멈한테도 꼭 자네들 얘기를 할게… 정말 고마우이."
"아니에요."

노인은 연신 고맙다 인사하며, 갈림길로 사라졌다. 녀석은 노인이 사라지고 나서야 투덜댔다.

"야 씨, 좋은 일 하려다 3만 원만 날렸네! 썅! 아이고, 아까운 내 돈!"

엄살이다. 녀석은 웃음까지 띤 얼굴로 짜증 난 척을 했다. 나도 억지로 입꼬리를 올렸다.

"그러게. 아깝게 돈만 날렸네."

나는 멀리 사라져가는 노인의 뒷모습을 보았다. 눈을 돌릴 수가 없었다. 가슴에 걸린 이 느낌이 사라지질 않았다.

"…"

도저히 그냥 발걸음을 옮길 수 없었던 나는 녀석에게 말했다.

"야, 나 집에 좀 갔다가 가야겠어. 먼저 가."
"응?"
"그냥 머리가 좀… 아까 너무 긴장했나 봐. 속도 좀 이상하고."
"그래? 야, 나도 아까 무서워 죽는 줄 알았다니까! 알았어. 이따 봐!"

녀석이 떠나고, 나는 노인을 몰래 뒤쫓았다. 무슨 계획이 있는 것도 아니었다. 그저 저 노인의 말이 거짓말이었는지만 알고 싶었다. 거짓말이란 걸 안다 해도, 무엇을 하려는 건 아니었다. 그저, 가슴에 걸린 이것을 내리고 싶을 뿐이었다.

⋮

그게 뭐라고, 노인의 뒤를 쫓은 지 1시간이 훌쩍 넘었다. 시간을 낭비하고 있다는 생각이 들었지만, 이미 허비한 시간을 핑계로 뒤를 계속 쫓을 수밖에 없었다.

"아!"

노인은 케이크를 샀다. 나는 화가 났다. 화가 나서 견딜 수가 없었다. 프렌차이즈 빵집에서 저 비싼 케이크를 사다니! 동네 빵집에 가면 반값도 안 되게 살 수 있을 텐데, 왜 저기서 사? 통신사 멤버십 할인은 알아? 멤버십은 쓰는 거야? 도대체 왜 저기서 사냐고! 그 돈이면 내가 며칠을 먹고 살 수 있는데!

난 냉정하게 감정을 다스릴 수가 없었다. 내 피 같은 돈 3만 원이, 노인의 손에서 멍청하게 쓰이는 듯해서 미칠 지경이었다.

아니, 안 된다. 환기해야 한다. 쓸데없는 감정이다. 이 스트레스는 나만 손해다. 감정 낭비다. 그래, 노인의 말이 거짓말은 아니었다는 걸 확인했지 않은가? 그걸로 됐다. 적어도 거짓말을

나는 정말 돈 낭비가 싫다

하진 않았으니까.

　"…"

　모자랐다. 가슴에 걸린 이 느낌이 사라지질 않았다. 그래! 노
인과 할머니의 행복한 모습을 본다면, 그렇다면 괜찮아질 것 같
았다. 할머니와 노인이 행복해하는 모습을 본다면, 괜찮아질지
도 모른다. 내 3만 원이 어떤 가치를 이뤄냈다면, 그 가치가 소
중한 것이라면. 나는 괜찮아질 것이다.
　나는 계속 노인의 뒤를 쫓았다.

⋮

　"…"

　1시간이 넘는 거리를 걷게 될 줄은 몰랐다. 폐지를 줍는 일이
라는 것이, 이렇게 먼 곳까지 다녀야 하는 일이었단 말인가? 내
마음은 이미 괜찮아졌다. 이젠, 그저 궁금할 뿐이었다. 노인은
그렇게 힘들게 폐지를 모아 할머니를 위한 케이크를 샀다. 대단
하다고 생각했다. 그 대단한 사랑이 궁금했다.
　노인이 사는 곳은 아주 높은 곳인 듯했다. 노인은 계속 언덕
을 올랐다. 힘들게 오르고 올라야 하는 저것이 노인의 인생일
까? 나도 묵묵히 그 뒤를 따라 산 아랫동네를 끝없이 올랐다. 오

르고, 오르고, 오르다… 아!

노인은 동네를 지나쳤다. 노인의 목적지는 산이었다. 노인이 도착한 곳은, 산속 어느 무덤이었다. 나는 할 말을 잃었다.

"할멈, 나 왔어."

노인이 무덤 앞에 케이크를 내려놓는 순간, 내 눈이 돌아갔다. 내 가슴은 다시 빠르게 뛰었다.

지금 죽은 사람 주려고 케이크를 샀다고? 3만 원으로? 먹지도 못할 케이크를 샀다고? 고작 저 짓거리를 하려고, 내 돈을 쓰게 만들었다고? 내 소중한 돈을, 저따위로 낭비하기 위해 빼앗아갔다고?

나는 도저히, 도저히 참을 수 없었다. 당장 뭐라도 해야 했다. 쌍욕을 퍼붓든, 저 케이크를 빼앗아가든, 당장 달려가 뭐든지 해야 했다.

내가 그에게 온몸을 던지려던 그때, 노인이 상자를 열며 말했다.

"할멈… 케이크 처음 먹어보지?"

케이크를 처음 먹어본다고?

"할멈이 먹고 싶다던 케이크, 이제 내가 사 왔어. 어떻게 평생 이거 하날 안 사줬을까."

노인은 손으로 케이크를 떠서 무덤에 버렸다. 먹지도 못할 아까운 그 케이크를 버리며, 노인은 울었다.

"할멈, 미안해… 내가 정말 너무 미안해. 내가 이거 하나 못 사준 게 너무 후회돼서 내가 이 가슴이… 매일 후회돼서, 내가 너무 이 바보 같은 내가 멍청하고 미워서 정말… 미안해, 할멈. 할멈!"

노인은 가슴을 치며 꺽꺽 울었다. 케이크를 버리며 꺽꺽 울었다.

나는 그런 노인을 보며, 뒤통수를 얻어맞은 듯 충격에 빠졌다. 나는 깨달았다. 그동안 내게서 정말로 낭비되고 있었던 무언가가 있었다는 걸. 지금 막 그 낭비가 멈춰졌다는 걸.

작가의 말

어디선가 이런 글을 봤습니다.

'네가 뭘 좋아할 줄 몰라서 다 준비했어. 이 중에 네 취향이 하나는 있겠지!'

사실, 인터넷에 올리던 시절의 제 마음가짐이 바로 저것이었습니다. 하나만 얻어걸리자!

실제로 2~3일에 한 편씩 글을 쓰면서, 최대한 비슷한 글이 연달아 나오지 않게 신경 썼습니다. 그런데 종이책을 내게 되면서는 콘셉트에 맞춘 통일성이 중요해졌고, 한 권에 비슷한 이야기들이 몰리게 되었습니다. 소설집 1~5권은 각각 관통하는 콘셉트가 있습니다. 이 책은 그런 것이 없습니다. 대신, 카카오페이지 〈살인자의 정석〉 연재 당시 반응이 좋았던 것들 위주로 선별했습니다. 그래서 그런지 뭘 내세워야 할지 감이 안 오는 책입니다. 과연 어떤 이야기를 좋아해주실지, 이 중에 취향에 맞는 게 있으실지. 하나만 얻어걸리기를 바라봅니다. 감사합니다!

다시 김동식 작가를 당신에게 보내며

　김동식 작가를 수식하는 단어들은 많다. 온라인 게시판에 '복날은 간다'라는 필명으로 300여 편이 넘는 단편소설을 연재하는 동안 독자들은 그를 '괴물 같은 작가'라고 불렀고, 『회색 인간』이라는 첫 번째 소설집이 나온 이후에는 '전에 없던 작가'라든가 '새로운 시대의 작가'라는 평가도 덧붙었다. 그는 2018년 상반기에 김동식 신드롬이라고 불러도 좋을 만한 큰 관심을 받았다. 여기에는 주물공장 노동자 출신이라는 독특한 이력과 댓글로 글을 배웠다는 그의 고백도 한몫을 했지만, 무엇보다도 작품이 '재미'있었기 때문이었다. 결국 그를 시대의 작가로 견인해낸 것은 소수의 심사위원이나 문단에 영향력을 가진 대형출판사가 아니라, 온라인 공간에서 그의 글을 읽어온 무수한 개인들이었다. 책이 출간되었을 때 그들은 구매인증 릴레이를 펼치며 "나는 글 300편을 다 읽었지만 당신이 작가로서 잘되기를 바라기 때문에 굳이 책을 샀어요."하고 말했다. 그렇게 김동식이라는 작가가 세상으로 나왔다. 내가 그 과정에 다소간 참여할 수 있었다는 것이 몹시 기쁘다.

　내가 김동식 작가를 처음 만난 것은 2017년 9월, 서울 성수

동의 모 프랜차이즈 카페에서였다. 그가 아직 인터넷 게시판에만 글을 쓰고 있을 때다. 〈기획회의〉라는 잡지의 인터뷰를 핑계삼았지만 사실은 순수한 팬심으로 그와 만났다. 3일에 한두 편의 단편소설을 쓰는 성실함과, 지금까지 별로 본 일이 없는 그작법과 기발함이 어디에서 나오는지 몹시 궁금했다. 간단한 인사를 나누고 내가 그에게 건넨 첫 마디는 "뭘 드시겠어요?"하는것이었다. 그러면서 그가 아메리카노라든가 얼그레이라든가 하는 것을 주문하겠다고 짐작했다. 그러나 그의 답은 정말이지 지금도 잊을 수가 없는 것이 되었다. 그때 서른 셋 청년이었던 그는 "저어, 이런 데서는 뭘 먹어야 하나요?"하고 조심스럽게 되물었다. 그의 또래들에게 카페는 노트북을 펴고 몇 시간씩 글을쓰기도 하는 일상 공간이다. 그러나 김동식 작가는 카페에 와 보는 것이 거의 처음이라고 했다. 그는 결국 생과일주스를 하나주문했다. 그 이후의 시간 역시, 글쓰기를 배워본 일이 없다거나, 중학교를 중퇴했다거나, 독자들의 댓글에서 글을 배웠다거나 하는, 그 '생과일 쥬스'만큼이나 예측 불가능한 답들로 채워졌다. 만남 이후, 요다출판사의 대표인 한기호 씨가 나에게 책의기획을 제안했고, 그때부터 나는 김동식 소설집의 기획자로 계속 지내고 있다.

이제 김동식 작가는 여섯 번째 소설집 『하나의 인간, 인류의하나』와 일곱 번째 소설집 『살인자의 정석』을 내어 놓는다. SBS와 협업한 『성공한 인생』까지 포함하면 1년 3개월 동안 여덟 권의 소설집을 완성한 셈이다. 주변에서는 그가 소진되는 게 아닌가 하는 우려를 하기도 하고 이제는 공장을 그만두고 전업작가로 지내고 있는 그가 정말로 '잘' 지내고 있는가 궁금해 하기도 한다. 잠시 그의 근황을 전하자면, 그는 여전히 3일에 한 편씩 신작을 발표하고 있다. 카카오페이지라는 플랫폼에 연재하고 거기에서 수익을 얻는다. 문학 카테고리에서 구독자 수 28만으로 랭킹 1위에 올라 있다.

언젠가 그에게 왜 3일에 한 편을 쓰느냐고 물었더니, 게시판에 올린 글에 댓글이 잘 달리지 않게 되는 기간이 대략 3일이어서 그렇게 했다는 답이 돌아왔다. 정말이지 그다운 대답이었다고, 나는 기억한다. 그런데도 그는 거침없이 작품을 쏟아낸다. 그에게는 모든 것이 소재로 작용하는 모양이다. 예를 들면, 부산으로 가는 KTX에서도 그는 '혹시 이 기차의 특정좌석에 매번 앉아 있는 사람이 있다면 어떨까.'하는 상상을 하고, 흡연자를 보고는 '담배에 아는 사람의 전화번호가 있고 피울 때마다 그가 다치게 된다면 저 사람은 담배를 끊을까.'하고 상상하기도 한다. 그는 끊임없이 이야기를 만들어내기 위해 주변을 살핀다. 그래서 그의 삶이 계속되는 동안에는 그의 이야기도 소진되지 않고 계속될 것 같다.

이제 그가 쓴 작품은 500편 남짓이 되었다. 그가 30대의 나이에 1천 편의 단편소설을, 스스로의 성실함과 즐거움으로서 이루어낼 것만 같아서 설렌다. 나는 다만 그의 글을 나만큼이나 좋아하는 담당 편집자와 함께 "작가님이 즐겁다면 계속 쓰세요." 하고 응원할 뿐이다.

지난 1년간 김동식 작가가 가장 많이 들었던 질문은 "장편소설은 안 쓰시나요?"하는 것이었다. 그는 A4용지 1쪽에서 10쪽 내외의 초단편소설을 주로 써왔다. 나도 그의 장편소설을 읽고 싶은 욕심이 있어서 몇 차례 권유해봤다. 그러나 그는 "못 쓸 것 같습니다. 사실 해봤는데 잘 안 되더라고요."하고 몹시 담담하게 답했다. 그는 '긴 이야기'를 반드시 미덕으로 여기지 않는다. 한 문장으로 쓸 수 있는 것을 굳이 몇 문장으로 늘여야 하느냐고, 그러면 오히려 재미가 없어질 것이라고도 했다. 그는 이 시대가 가장 소비하기 간편한 글이, 그러니까 '읽히는 글'이 무엇인지를 감각적으로 알고 있는 듯하다. 그래도 언젠가 긴 글을, 장편소설을 써보고 싶다고 말한다. 여섯 번째 소설집인 『하나의 인간, 인류의 하나』는 1만 자가 넘는, 김동식 소설에서 '중편'으로 분류될 만한 작품들을 모은 것이다. 처음으로 나오는 '중편집'이다. 조금 긴 호흡으로 김동식을 읽을 수 있다.

일곱 번째 소설집인 『살인자의 정석』은 카카오페이지에 연재된 신작을 중심으로 묶었다. 이전과 비슷한 단편집을 출간하는 게 어떤 의미가 있을까, 하는 회의는 들지 않았다. 김동식 작가의 신작을 볼 때마다 나는 놀라곤 한다. 그의 글은 분명히 진화하고 있다. 점점 더 세련되고 정밀한 서사가 글을 구성하고, 여전한 김동식 스타일의 유머와 상상하지 못한 반전이 등장하며 독자에게 큰 물음표를 남긴다.『살인자의 정석』에 수록된「한국에서 성공하는 방법」이라든가「선을 쫓아」는 이전과는 확실히 달라진 작가 김동식을 잘 드러내는 작품이다.

　무엇보다도, 김동식 작가의 글은 따뜻하다. 타인과 이 세계에 대한 애정을 놓지 않는다. 그것은 공부를 한다고 해서 쉽게 가질 수 있는 삶의 태도가 아니다. 작가로서 반드시 갖추어야 할 그 덕목을, 그는 자신의 글로도 삶으로도 증명해 보인다. 김동식이라는 작가의 책을 기획할 수 있어서, 그리고 그라는 인간의 성장을 곁에서 목도할 수 있어서 몹시 기쁘다. 그는 내가 세상에서 만난 '지도교수' 중 한 사람이다. 그가 작가로서 계속 잘되기를 바라며, 두 권의 책을 기획해 당신에게 보낸다.

김민섭

김동식 소설집 7

살인자의 정석

2019년 3월 14일 1판 1쇄 발행
2024년 8월 30일 1판 13쇄 발행

지은이 김동식
펴낸이 한기호
편 집 김민섭, 오효영, 도은숙, 유태선
경영지원 국순근
펴낸곳 요다
출판등록 2017년 9월 5일 제2017-000238호
주소 04029 서울시 동교로 12안길 14 A동 2층(서교동, 삼성빌딩)
전화 02-336-5675 팩스 02-337-5347
이메일 kpm@kpm21.co.kr

ISBN 979-11-89099-15-2 04810
       979-11-962226-1-1 04810 (세트)

· 요다는 한국출판마케팅연구소의 임프린트입니다.
· 책값은 뒤표지에 있습니다.